蘇東坡 寓言

소동파 우언

감수 조규백 • 김익수 편역

明文堂

○ 서 문

소동파(蘇東坡, 본명 蘇軾, 1036-1101)는 시, 사, 산문 모두 송대(宋代)의 일인자이다. 또한 정치가, 행정가, 예술가이기도 하다. 그는 공자, 맹자, 두보(杜甫)와 함께 현 중국정부가 가장 주목하고 있는 인물의 하나이다. 한편 그는 송대 최고 수준의 우언 작가이기도 하다. 그의 문학생애는 사환전기(仕宦前期), 황주(黃州) 유배시기, 사환후기, 혜주(惠州)와 해남도(海南島) 유배시기로 나눌 수 있다. 그는 정치가, 지방관, 유배인으로 파란만장한 인생에서 폭넓고 다양한 현실사회의 여러 양상을 문학으로 표현하였다.

우언은 우화라고도 하는데 우의(寓意)를 담은 이야기이다. 우의는 사람, 사물, 동물에 빗대어 비유적인 뜻을 나타내거나 풍자하는 것이다. 중국의 우언은 시대별로 선진우언, 양한우언, 위진남북조우언, 당송우언, 명청우언 등으로 나뉜다. 소동파의 우언은 당송우언에 속한다. 소동파의 우언은 《장자(莊子)》와 유종원(柳宗元)의 영향을 많이 받았다. 그의 우언에는 풍자, 해학, 교훈, 비유가 들어있어 강한 설득력을 주는 것이 많다.

그는 조정의 고관으로 재직한 적도 있지만, 더 많은 시기를 지방관이나 유배객으로 전전하였다. 유배되었을 때는 인생과 사회에 대한 깊고 넓은 깨달음이 있었다. 그는 직설적으로 표현하기 어려운 풍자를 해학과 비유를 통해 우언으로 표현하였다. 그의 우언 가운데 《애자잡설(艾子雜說)》은 중국 최초의 전문적 우언 모음집이다. 이에 대해 소동파의 작품임을 의심하는 학자도 있으나 대다수의 학자가 소동파의 작품으로 인정하고 있다.

본서는 주정화(朱靖華)의 《소동파우언대전전석(蘇東坡寓言大全詮釋)》(京華出版社, 1998)을 저본으로 한다. 물론 《소식문집(蘇軾文集)》,《동파지림(東坡志林)》 등 《소식시집(蘇軾詩集)》, 소동파의 여러 원전도 참조하였다. 주정화는 넓은 의미로서의 소동파의 우언을 모았다. 여기에는 산문 우언,《애자잡설》, 우언과 관련된 시(詩), 사(詞), 부(賦), 명(銘), 송(頌), 찬(贊) 등 산문과 운문을 모두 망라하고 있다. 그 속에는 완전한 작품과 절록(節錄)이 섞여 있으며, 짧은 글이 많다. 본서에서는 주정화의《소동파우언대전전석》에서 현재에도 가치를 지니고 있다고 여겨지는 작품을 절반 남짓 선별하여, [주석]을 취사선택하고 보완하였으며, [해제]를 역자(譯者)의 뜻으로 새로 썼다. 간혹 원서의 오자를 바로잡기도 했다.

소동파의 산문 우언과 《애자잡설》은 이 시대에도 그 가치를 지니고 있다. 그의 운문 우언은 산문 우언이나 《애자잡설》에 비해 우언으로서의 가치가 높다고 할 수는 없겠지만, 그 나름의 문학적 가치가 있다.

소동파는 중국에서는 물론 한국에서도 그 영향이 지대하였다. 그는 고려 중후기, 이규보(李奎報), 이제현(李齊賢), 이색(李穡) 등을 비롯한 많은 문인에게 큰 영향을 끼쳐 소동파 열풍이라는 시대적 문풍을 이루었다. 조선 중기에는 주자학(朱子學: 性理學, 程朱學)이 성행하면서 주자(朱子: 朱熹)의 학설을 신봉하는 일부

문인의 냉대를 받기는 했지만, 전반적으로는 여전히 많은 독자층을 형성하고 있었다. 주희는 소동파의 라이벌인 정이(程頤: 程伊川)의 계승자로 자처하며, 소동파 문학의 우수성에 대해서 인정하기는 했으나 많은 기록에서 소동파를 비판적 시각으로 본 학자이다. 조선 후기에는 김정희(金正喜)를 비롯한 많은 문인이 그의 문학은 물론 문화현상까지 아우르는 소동파 열기를 조성하였다. 1980년대 이후 한국에서의 송대 문학 연구에서 소동파는 연구자의 층이 가장 두터우며 매년 많은 연구성과가 나오고 있다.

이렇듯 역대 한국에서 소동파 문학의 영향이 큰 이유는 소동파 문학의 풍부한 문학성, 예술성, 계발성, 흥미요소들이 한국의 문인들에게까지 영감과 감명을 주었기 때문이다. 역대 한국의 다수 문인은 소동파의 문학을 자신과 자국 문학의 발전을 위해 수용하고 있다고 할 수 있겠다.

역자인 김익수(金益洙) 선생님은 올해 80세로, 평생 봉사의 정신을 실천하고 있는 제주의 선비이다. 그는 제주도 유배인의 문학에 대한 다수의 번역서가 있으며, 초서(草書)를 해독하는 능력도 뛰어나다. 그는 20여년 간 '목요한문강좌'를 운영하며 제주도 유배인의 문학, 초서 강독 등을 지도하였다. 감수자는 제주에서 강학(講學)하던 10여년과, 귀경(歸京)한 이후에도 지금까지 그의 지속적인 관심과 격려를 받음은 물론, 물심양면의 도움도 받았다. 그가 향후에도 건강하여 한학(漢學)을 통해 사회에 많은 공헌을 하시기 바란다.

본서를 통해 독자들이 소동파 우언의 영양분을 섭취하여 삶에 새로운 변화를 가져올 수 있기를 바란다. 노신(魯迅)은 "번역은

변변찮은 창작보다 어렵지만, 신문학의 발전을 위해서는 더 효과적이며 많은 사람에게 유익하다."라고 하였다. 고대의 인물 - 소동파와 대화할 수 있는 '상우(尙友)'의 정신은 지금도 의미 있다고 생각한다.

방배동 상우재(尙友齋)에서
감수자 **조규백**(숭실대학교 국문과 초빙교수) 삼가 쓰다
2017년 9월 8일

소식(蘇軾)은 당송팔대가(唐宋八大家)의 한 사람으로 문(文)·
시(詩)·사(詞)·부(賦)·글씨·그림·의약·토목 등 다방면으로
뛰어난 재능을 가진 문인이었을 뿐 아니라 정치가였다. 그는 중
앙관료·지방관, 그리고 유배시기를 지내면서, 유(儒)·불(佛)·
도(道)를 넘나드는 많은 시문을 남겨 중국의 문호(文豪)라고 칭
송된다. 그는 황제를 비난했다는 필화(筆禍)사건인 '오대시안(烏
臺詩案)'으로 황주(黃州)에 유배되었다. 그곳에서 그는 농사를
지으며 자호를 동파(東坡)라 하였는데, 우리에게는 소동파(蘇東
坡)로 더 많이 알려졌다.

그는 시문에 우언(寓言)을 많이 삽입하였다. 우언은 다른 사
람, 동식물이나 기타 사물에 의탁하여 자기 뜻을 나타내는 것을
이른다. 그 수단으로는 비유·지혜·해학적인 요소가 동원된다.

《정관정요(貞觀政要)》에 "역사를 거울로 삼으면 천하의 흥망
성쇠를 알 수 있다.(以古爲鏡, 可以知興替.)"라고 하였는데, 중
국이나 우리나라 임금에게 상주할 때에 고사(古事, 故事)를 인
용하는 것이 상례였다. 소동파도 문장에서 고사를 인용하면서
비유로 우언을 지어 자기의 주장을 쉽게 이해하도록 하였다.

역자는 소식의 짧은 문장 모음집인 《동파지림(東坡志林)》과
주정화(朱靖華)의 《소동파우언대전전석(蘇東坡寓言大全詮釋)》을

흥미 있게 읽었다. 특히 《소동파우언대전전석》을 저본으로 하여 틈틈이 번역해 그 중에 원문 부분을 완역했다. 일반 한문 애독자들도 관심을 가지리라는 생각에 그것을 골라 새로 역주하여 선보이게 되었다.

이 《소동파 우언》은 조규백(曹圭百) 박사의 많은 도움을 받았다. 조(曹)박사와는 망년지교(忘年之交)로 오랫동안 교류한 사이다. 그는 번역의 이해를 돕기 위해 주석을 취사선택하고 보완하도록 하였으며, 작품마다 역자 나름의 '해제(解題)'를 붙이는 것이 좋겠다고 조언하였다. 아울러 이 시대에도 여전히 가치를 지닌 작품들을 선별해 주었다. 그리고 교열, 감수는 물론 고전출판의 명가(名家)인 명문당(明文堂) 출판사까지 주선해 주었다. 이 자리를 빌려 그의 노고에 고마움을 표한다.

졸고의 출간을 맡아주신 명문당 김동구 사장님, 편집과 검토를 해주신 이은주 선생께 감사를 드린다.

착오나 미흡한 점이 있다면 그것은 모두 역자의 책임이다. 독자들의 질정(叱正)을 기다린다.

2017년 8월 29일
역자 **김익수**(국사편찬위원회 사료조사위원)

차 례

감수의 말 ● 3

역자의 말 ● 7

1. 산문 우언 ● 13

2. 애자잡설 • 161

3. 운문 우언 ● 213

1.

산문 우언

○ 罪疑惟輕

當堯之時, 皋陶爲士. 將殺人, 皋陶曰: "殺之!" 三. 堯曰: "宥之!" 三. 故天下畏皋陶執法之堅, 而樂堯用刑之寬.

四岳曰: "鯀可用." 堯曰: "不可! 鯀方命圮族." 旣而曰: "試之!"

何堯之不聽皋陶之殺人, 而從四岳之用鯀? 然則聖人之意, 蓋亦可見矣. <書>曰: "罪疑惟輕, 功疑惟重. 與其殺不辜, 寧失不經."

[註] <형상충후지지론(刑賞忠厚之至論)>에 보인다. 이 글은 송 인종(宋仁宗) 가우(嘉祐) 2년(1057) 소식이 변경(汴京)에서 지은 것으로 예부(禮部)의 진사시험 답안의 일부이다. 시험관이 구양수(歐陽脩)였는데 소동파가 차석을 하여 이름을 날리게 된 최초의 문장이다.

皋陶(고요): 순(舜)임금 때 형법을 담당한 관원.

士(사): 옛날 형옥(刑獄)을 관장한 관원.

三(삼): 세 차례를 뜻함.

宥(유): 너그러이 용서하다.

四岳(사악): 요순(堯舜) 때 사방 제후의 우두머리. 요(堯)임금이 부락연맹의 영수 때 사악이 순(舜)을 추천하여 선양(禪讓)하였다. 또 순이 임금이 된 뒤 우(禹)를 추천하여 순을 돕게 하였다.

鯀(곤): 우(禹)의 아버지. 전설에 부락연맹의 우두머리로 사악의 추천으로 요를 받들어 홍수를 다스렸다. 물막이 제방을 쌓았으나 실패하여 후에 순에게 피살되었다.

方命(방명): 명령을 어김.

圮(비): 무너뜨리다.

不經(불경): 법규를 지키지 않음.

經(경): 상도, 규범.

書曰(서왈): '罪疑' 4구는 《서경·대우모(書經·大禹謨)》에 보인다.

❏ 번역

罪疑惟輕 — 죄가 의심스러우면 오직 가볍게 한다

요(堯)임금 시대에 고요(皐陶)가 형옥을 관장한 관이 되었다. 막 사람을 사형하려고 하여 고요가 "그를 죽여라!"고 세 차례나 말했는데도, 요임금은 "그를 용서하라!"고 세 번씩이나 말하였다. 그래서 천하 사람들은 고요가 법집행을 엄히 하는 것을 두려워하고, 요임금이 형벌을 너그럽게 적용하는 것을 즐거워하였다.

사악(四岳)이 "곤(鯀)을 써야 합니다."고 하였으나, 요임금은 "안 된다. 곤은 명(命)을 어기고 종족을 해쳤다."고 말하였다. 나중에 요임금은 말하기를, "시험 삼아 써보자!"고 하였다.

어찌하여 요임금은 고요가 사람을 사형시키겠다는 것은 듣지 않으면서, 사악이 곤을 쓰자는 데에는 따랐을까. 그런즉 대강 성인(聖人)의 뜻을 또한 알 수 있다. 《서경(書經)》에 이르기를, "죄가 의심스러우면 오직 벌을 가볍게 하고, 공(功)이 의심스러우면 오직 상을 두텁게 한다. 무고한 사람을 죽이기보다는 차라리 잘못되더라도 법을 따르지 않는 잘못을 범하리라." 고 하였다.

□ 해제

봉건사회에서 체제를 유지하는데 필요한 것은 수레의 두 바퀴처럼 형벌과 상이었다.

'눈에는 눈, 이에는 이'라는 죄벌의 원칙은 ≪함무라비 법전≫에 나오는데, 동양도 마찬가지이다. 그러나 죄가 애매할 때는 죄인에게 이롭게 적용하는 것이 전근대 관습형법의 근본이었다. 국가에 충성을 다하게 하려면 공이 있는 자에게 상을 주어야 한다. 그런데 공은 일반적으로 역사상 부풀려지는 경우가 많았다. 공이 애매한 경우에 상을 축소할 것이 아니라 후하게 해주어야 충(忠)을 유도할 수 있는 것이다. 공이 박하게 되어 국난이 생긴 역사기록은 많다. 소동파의 형상(刑賞)에 관한 글은 이런 점을 갈파한 명문이라 할 것이다.

고요가 "그를 죽여라!"고 세 차례나 말했는데도, 요임금은 "그를 용서하라!"고 세 번씩이나 말하였다는 '皐陶曰: "殺之!" 三. 堯曰: "宥之!" 三.'의 문장은 전고가 없는 소식의 추론이라고 되어 있다. 시험관인 구양수(歐陽脩)와 매요신(梅堯臣)의 전고의 물음에 소식이 그렇게 대답했던 것이다.

○ 騏驥之馬

騏驥之馬, 一日行千里而不殆, 其脊如不動, 其足如無所着. 升高而不輊, 走下而不軒. 其技藝卓絶而効見明著至于如此, 而天下莫有識者, 何也? 不知其相而責其技也.

[註] <상왕병부서(上王兵部書)>에 보인다. 가우 4년(1059) 12월 형주(荊州)에서 지었다. 왕병부(王兵部)는 당시 지형주(知荊州)로 있었는데, 이름은 미상이다.

騏驥之馬(기기지마): 천리마. 양마.

殆(태): 피로하다. 게으르다.

輊(지): 수레 앞이 낮아서 굽어보는 듯하는 모양.

軒(헌): 수레 앞이 높아서 올려보는 듯하는 모양.

責(책): 책망하다. 꾸짖다.

❑ 번역

騏驥之馬 ― 천리마

천리마는 하루에 천리를 달려도 지치지를 않는다. 그 등뼈는 움직이지 않는 듯하고 그 발은 디디지 않는 듯한다. 높은데 오를 때에는 몸을 숙여 굽어보지 않으며, 아래로 내달릴 때에도 앞을 높여 올려보지 않는다. 그 달려가는 기예가 매우 탁월하여, 이와 같이 뚜렷한 효과를 나타냄에도 불구하고 세상 사람들이 전혀 알아보지 못하는 것은 무슨 까닭인가. 그 바탕[相]을 알아보지 못하여 그 재주를 나무라게 되기 때문이다.

□ 해제

1059년 9월, 소식이 아버지 소순(蘇洵), 동생 소철(蘇轍)과 함께 모친상을 마치고 조정으로 돌아가기 위해 12월 형주(荊州)에 이르러 왕병부(王兵部)에게 보낸 편지의 일부이다.

"바탕[相]은 알지 못하고 기예만 바라기 때문에 세상에서 명마를 알아보지 못한다."고 하였다. 그러면서 왕공이 세상에서 이름이 널리 알려졌는데, '왕공만 선비를 가리겠는가. 선비도 가리는 바가 있다.(豈有王公擇士, 士亦有所擇.)'면서 자기도 왕공을 만나보겠다는 뜻을 편지 속에 나타내고 있다.

○ 鬻千金之璧者

　　鬻千金之璧者, 不之于肆, 而願觀者塞其門. 觀者嘆息, 而主人無言焉. 非不能言, 知言之無加也.
　　今也不幸而坐于五達之衢, 又呶呶焉自以爲希世之珍, 過者不顧, 執其裾而强觀之, 則其所鬻者可知矣.

[註] <상증승상서(上曾丞相書)>에 보인다. 가우 6년(1061)에 지었다.
鬻千金之璧者(죽천금지벽자): 천금의 가격이 나가는 벽옥을 파는 사람.
鬻(죽): 팔다. 賣와 같음.
璧(벽): 둥근 옥.
之(지): 이르다. 至와 같다.
肆(사): 상점.
今也(금야): 발어사.
五達(오달): 동, 서, 남, 북, 중앙으로 통함.
衢(구): 사통팔달의 도로.
呶呶(노노): 시끄럽게 떠듦. 여러 말을 함.
裾(거): 옷깃.

❑ 번역

　鬻千金之璧者 — 천금의 벽옥을 파는 사람

　천금이 나가는 벽옥을 파는 사람은 팔려고 상점에 진열하지 않아도, 보려고 원하는 사람들이 그 문을 막을 정도가 된다. 보는 사람들은 감탄을 하는데, 팔려는 주인은 아무 말이 없다. 말을 못해서가 아니라 말을 해서 보탬이 될 것이 없음을 알기 때문이다.

지금 불행하게도 사통오달하는 거리에 앉아서, 또 세상에 드문 보배라고 스스로 말을 하며 시끄럽게 떠들어도, 지나가는 사람들이 거들떠보지 않으면, 그들의 옷자락을 붙잡고 억지로 살펴보게 하고서야, 자기가 팔려고 하는 것을 겨우 알릴 수 있게 된다.

□ 해제

증승상(曾丞相)은 증공량(曾公亮: 999-1078년)으로 자(字)는 명중(明仲), 천주 진강(泉州 晉江) 사람이다. 천성(天聖) 연간에 진사로 출사하여 1061년 중서문하평장사(中書門下平章事)가 되어 재상으로 15년 동안 3조(朝)를 섬겼다. 왕안석(王安石)을 추천하여 참지정사(參知政事)로 제수하여 넌지시 그의 변법을 도왔다. 동파는 증승상에게 자기 같은 인재도 알려주기를 바라는 뜻으로 이 편지를 썼다.

훌륭한 가치가 있는 것은 저절로 알려지나, 그렇지 못한 것은 선전을 해야 겨우 알려지는 것이라고 언급하고 있다.

○有人恍然而不樂

今且有人恍然而不樂, 問其所苦, 且不能自言, 則其
受病有深而不可測者矣.
　其言語飮食, 起居動作, 因無以異于常人, 此庸醫之
所以爲無足憂, 而扁鵲倉公之所以望而驚也. …其病之
所由起者深, 則其所以治之者, 固非鹵莽因循苟且之所
能去也.

[註] <책략(策略)·제1>에 보인다. 가우 6년(1061)에 지었다.

今且(금차): 구(句)의 맨 처음에 나오는 발어사.

恍然(황연): 비슷함. …인 듯하다.

扁鵲(편작): 고대의 명의.《사기·편작창공열전(史記·扁鵲倉公列傳)》에 기
　재되었다. 발해군(渤海郡) 정(鄭) 사람으로 성은 진씨(秦氏). 뛰어난 의
　원으로 오장(五臟)의 병을 모두 고쳤다.

倉公(창공): 한초(漢初)의 의학가로 성은 순우(淳于), 이름은 의(意), 제
　(齊)나라 임치(臨淄) 사람. 일찍이 제나라의 태창령(太倉令)을 지냈기
　때문에 창공(倉公)이라 함. 그는 맥을 짚어 증세를 구별하여 병을 잘 치
　료하였다.《사기·편작창공열전》에 기재되어 있다.

鹵莽(노망): 거칠다. 경솔하다.

因循(인순): 옛 관습대로 따름. 적당히 얼버무림.

苟且(구차): 소홀히 하다. 구차하다.

□ 번역

有人怳然而不樂 — 즐겁지 않은 듯하는 사람

지금 어떤 사람이 즐겁지 않은 듯하여 무엇이 괴로운지 물어보아도, 오히려 스스로 말을 할 수 없을 정도이면, 자기가 병에 걸린 게 깊고 헤아릴 수 없는 정도인 것이다.

그가 말하고 음식을 들거나 일상생활하는 동작이 보통사람과 다름이 없으면, 이런 경우 시원치 않은 의원은 별로 걱정할 게 없다고 여기겠지만, 편작(扁鵲)이나 창공(倉公)은 징후를 살펴보다가 놀랄 것이다. …그 병이 일어나게 된 연유가 깊으니, 그것을 치료하는 방법은 진실로 대충하거나 옛 방식을 따르거나 구차한 방식으로 제거할 수 있는 것이 아니다.

□ 해제

소식(蘇軾)이 북송(北宋)의 중기 이후의 통치형세를 비유한 우언이다. 그는 당시의 형세를 다음과 같이 표현하고 있다. "천하가 태평하게 다스려진다는 평판은 있지만 태평치세의 내용은 없으며, 우려할 만한 형세가 있음에도, 우려할 만한 하게 드러나지 않았다.(天下有治平之名而無治平之實, 有可憂之勢, 而無可憂之形.)" 사회현상을 병자에 비유하고 이를 시정할 인재를 의원에 비유하고 있다.

소동파는 <책략(策略)·제1>에서 서한(西漢)이 쇠퇴했던 현상을 거론하며, 임금이 스스로 중심에 서서 먼저 결단하지 않으면, 신하가 이윤(伊尹)이나 여상(呂尙) 같은 신하라도 어찌할 수 없다고 임금의 결단력을 촉구하고 있다.

○ 一心兩手

今夫一人之身，有一心兩手而已．疾痛苛癢，動于百
體之中，雖其甚微不足以爲患，而手隨至．
夫手之至，豈其一一而聽之心哉！心之所以素愛其身
者深，而手之所以素聽于心者熟，是故不待使令而卒然
以自至．

[註] <책별·과백관(策別·課百官)>에 보인다. 가우 6년(1061)에 지었다.

今夫(금부): 글의 처음에 쓰이는 발어사.

疾痛苛癢(질통가양): 옴병을 앓다. 《예기·내칙(禮記·內則)》에 '질통가양
　　(疾痛苛癢)'을 정현 주(鄭玄 注)는 "가, 개야(苛, 疥也.)"라며 옴이라 하
　　였다.

素(소): 평소에.

卒然(졸연): 갑자기.

☐ 번역

一心兩手 － 한 마음에 두 손

지금 한 사람의 몸에는 한 마음과 두 손이 있을 뿐이다. 앓
고 있는 옴병이 온몸 중에 일어나면 비록 그 증상이 심히 미
약하여 병으로 여길 정도가 아니더라도 손은 (가려운 곳에) 따
라서 닿게 된다.

손이 닿는 것이 어찌 반드시 일일이 마음에게 들어보고 하겠는가! 마음은 평소 자기 몸을 깊이 아끼며, 손은 평소 마음에게 들어보고 하는 데 익숙하다. 이런 까닭에 시키는 명령을 기다리지 않고도 갑자기 저절로 (가려운 곳에) 닿게 되는 것이다.

□ **해제**

소식은 당시의 병폐를 해결하기 위한 <책별(策別)>을 지어 인종(仁宗)에게 올렸다. <책별>은 모두 네 종류인데 첫째가 과백관(課百官), 둘째가 안만민(安萬民), 셋째가 원화재(原貨財), 넷째가 조병려(調兵旅)로 모두 17편인데 과백관은 6편이다.

여기서 백관은 손이고 천하는 온몸으로, 이 두 가지가 접촉하면 일맥상통하여 반응하도록 해야 한다고 말하고 있다.

○ 見于外者不可欺

山澤之有猛獸, 江河之有蛟龍, 伏乎其中而威見乎其外, 悚然有所不可狎者.

至于鰍蚖之所蟠, 羘豚之所牧, 雖千仞之山, 百尋之溪, 而人易之.

何則? 其見于外者, 不可欺也.

[註] <책별·훈병려(策別·訓兵旅) 1>에 보인다. 가우 6년(1061)에 지었다.

悚然(송연): 두려운 모양.

狎(압): 친근함.

鰍蚖(추완): 미꾸라지와 도마뱀.

蟠(반): 도사리다.

羘(양): 암양. 여기서는 일반 양을 가리킴.

豚(돈): 새끼 돼지. 여기서는 일반 돼지를 가리킴.

仞(인): 주척으로 8자[尺]. 132cm.

尋(심): 고대 길이의 단위로 8자.

易(이): 편안함.

則(즉): 어조사. 글의 끝에 넣어 어기를 나타냄.

□ 번역

見于外者不可欺 — 밖에 나타난 것은 어기지 않는다

산과 못에는 맹수가 있고 강과 하천에는 교룡이 있는데, 그

속에 잠복해 있다가 밖으로 위용을 나타내면, 두려워서 얼씬할 수가 없다.

미꾸라지와 도마뱀이 도사린 곳이나 양과 돼지를 기르는 곳에서는 비록 천길 되는 산이나 백심(百尋) 되는 골짜기일지라도 사람들은 편안해한다.

어째서인가? 그 밖에 드러나는 것에 어기지 않기 때문이다.

❑ 해제

나라에 인재가 있음은 산과 못에 짐승이 있고 교룡이 그 속에 있어, 잠복했다가 위용이 밖으로 드러나면 두려워서 얕보지를 못하게 됨과 같다. 그러면서도 자옥(子玉)이 위(蒍)에서 군사를 엄하게 다룬 것을 위가(蒍賈)가 보고 강직함을 무례하다고 판단했고, 손무(孫武)가 부녀들을 훈련시키는 것을 합려(闔閭)가 보고 신임한 것을 높게 평가했다. 그러므로 무익한 헛된 명성을 앞세움과 실질을 나타냄을 비교하여야 인재를 채용하는 데 목적을 이룰 수 있다고 강조하였다.

○子玉治兵

子玉治兵于蔿, 終日而畢, 鞭七人, 貫三人耳.

蔿賈觀之, 以爲剛而無禮, 知其必敗.

孫武始見, 試以婦人, 而猶足以取信于闔閭. 使知其可用. 故凡欲觀將帥之才否, 莫如治兵之不可欺也.

[註] <책별·훈병려(策別·訓兵旅) 1>에 보인다.

子玉(자옥): ?-BC 632년. 이름은 득신(得臣). 춘추시대 초(楚)나라 사람. 진(陳)나라와의 전투에 공이 있어 영윤(令尹)이 되었다. 성격이 강포하여 군사훈련에도 엄혹하였다. 그러나 복성(濮城)의 전투에서 패하여 자살하였다.

治兵(치병): 군사훈련.

蔿(위): 춘추시대에 정읍(鄭邑)이었으나 초읍(楚邑)이 되었다.

貫三人耳(관삼인이): 화살로 세 병사의 귀를 뚫음. 관이(貫耳)는 군대에서 쓰는 형벌의 일종.

蔿賈(위가): ?-605년. 춘추시대 초(楚)나라 사람. 저명한 군사가. 자는 백영(白嬴), 관직은 공정(工正)으로 후에 사마(司馬)가 됨. 영윤(令尹) 자월(子越)에게 피살되었다.

孫武(손무): 춘추시대 제(齊)나라 낙안(樂安) 사람. 자는 장경(長卿), 전완(田完)의 후예로 제 경공(齊 景公) 때 사성(賜姓)됨. 제나라에서 오(吳)나라에 들어가 병법(兵法) 13편을 지어, 오왕 합려(闔閭)를 만나, 합려가 그의 병법을 시험해보고 장수로 삼았다. 오(吳)가 초(楚)를 칠 때 군사를 거느리고 5전5승하여 초의 수도 영(郢)을 함락하였다. 그의 저서 《손자병법(孫子兵法)》은 중국 최초의 병서(兵書)이다.

闔閭(합려): ?-BC 496년. 춘추시대 말 오(吳)나라 왕. 재위 BC 514-BC 496년. 이름은 광(光). 오자서(伍子胥)의 도움으로 전제(專諸)를 써서 오왕 요(僚)를 찔러죽이고 스스로 왕이 되었다. 초를 정벌하여 수도 영(郢)을 함락하였으나 진병(秦兵)이 출병하여 초를 구하므로 퇴병하였다. BC 496년 군사를 이끌고 월(越)나라 구천(勾踐)을 치다가 패하여 중상을 입고 죽었다.

□ 번역

子玉治兵 ─ 자옥의 군사훈련

자옥(子玉)이 위(蔿)에서 군사를 훈련하면서 하루 종일 하다가 마치고는 일곱 병사를 채찍질하고 화살로 세 병사의 귀를 꿰었다.

위가(蔿賈)가 그걸 보면서 날카롭고 무례하다고 여겨, 아마도 반드시 실패할 것이라고 알아차렸다.

손무(孫武)가 처음 (오왕 합려를) 만났을 때에 부인[궁녀]들로 시험하고도 오히려 합려에게 신임을 얻었다. 그리하여 오왕으로 하여금 그가 쓸 만하다는 것을 알게 하였다. 그러므로 무릇 장수의 재주 여부를 보려고 하면, 군사훈련만한 것이 없음은 속일 수 없는 것이다.

□ 해제

장수에게 재주가 있는지 없는지를 관찰하려면, 군사훈련만한 것이 없음은 자옥(子玉)과 손무(孫武)의 예로 보아 그것을 알 수 있다. 새로 모집한 군사에게는 교만하고 호기롭게 명령을 내리기 어렵고, 용감하고 사나우면 전투를 모른다. 이같이 군사훈련 하는 것으로 천하에 뛰어난 재주를 가졌는가를 살피기에 충분하다고 동파는 설파하고 있다.

자옥의 치병(治兵)과 손무의 치병의 차이점이 보인다.

자옥은 엄한 군율로 훈련하고 난 뒤, 일곱 병사를 채찍질하고, 세 병사의 귀를 화살로 꿰었다.

손무는 180명의 궁녀를 훈련시키면서 왕 합려가 가장 아끼는 궁녀 두 명을 대장으로 삼았는데, 궁녀들이 장난치듯 하자 군기를 잡으려고 대장인 궁녀 두 명을 사형시켜 일사불란하게 훈련시켰다.

○ 千鈞之牛

千鈞之牛, 制于三尺之童, 弭耳而下之, 獸不如狙猿
之奮擲于山林.
此其何故也? 權在人也.

[註] <책단(策斷) 1>에 나온다. 가우 6년(1061)에 지었다.

千鈞之牛(천균지우): 크고 무거운 소를 가리킴. 고대에 30근을 1균(鈞)
이라 하였는데 천균은 매우 육중함을 말한다.

弭(미): 순종하다.

下之(하지): 그에게 굴복하다. 그에게 몸가짐을 낮추다.

狙猿(저원): 원숭이.

奮擲(분척): 날쌔게 뛰어오름.

權(권): 권력.

☐ 번역

千鈞之牛 ― 매우 육중한 소

천균이나 되는 육중한 소가 어린아이에게도 제압되어 순종
한다. 집짐승들은 원숭이처럼 산속 숲에서 날쌔게 뛰어 오르듯
하지 못한다. 이렇게 된 것이 무슨 까닭인가? 권력이 사람의
수중에 있는 까닭이다.

□ 해제

싸우면 천하는 버틸 수 없었고, 지키면 천하를 엿볼 수 없었다. 옛날에 진(秦)나라는 이것을 이용하였다. 관새(關塞)를 열고 출병하여 제후(諸侯)를 공격하면, 제후는 땅을 갈라주고 진에게 화의를 구하였다. 그러므로 여러 제후는 항상 화의를 하고자 하고 진은 항상 싸우고자 하였다. 권력이 참으로 진(秦)에 있었던 것이다. 사실 진은 천하보다 강할 수 없었지만, 진은 오직 스스로 굳게 믿었던 것이다. 그래서 마침내 제후는 진에게 귀속되고 말았다.

마치 짐승이 어린아이에게 제압되듯 한 셈이다.

ㅇ千金之家

千金之家, 日出其財, 以罔市利. 而販夫小民, 終莫能與之競者.

非智不若, 其財少也. 是故販夫小民, 雖有桀黠之才過人之智, 而其勢不得不折而入于千金之家. 何則? 其所長者, 不可以與較也.

[註] <책단(策斷) 2>에 나온다. 가우 6년(1061)에 지었다.

罔(망): 망(網)과 같다. 그물. 모조리 거둬들이다.

桀黠(걸힐): 흉포하고 교활함.

過人(과인): 보통사람보다 뛰어남.

入(입): 귀속하다.

所長(소장): 가지고 있는 장기(長技).

□ 번역

千金之家 — 천금을 가진 집

천금을 가진 부잣집은 날마다 자기 재화를 내놓아 시장의 이익을 거두어들인다. 그러니 판매를 하는 소민 백성들은 끝내 그와 더불어 경쟁할 수가 없다.

지혜가 부잣집만 못한 것이 아니라 자기의 재화가 작아서이다. 이런 까닭에 판매를 하는 소민 백성은 비록 흉포하고 교활한 재간과 남을 능가하는 지혜를 가지고 있다 하더라도, 자기 재화의 형세를 굽히지 않을 수 없어 천금의 부잣집에 귀순하게 된다. 어째서인가? 자기의 장기(長技)가 비교되지 않기 때문이다.

❑ 해제

소동파는 나라가 큰 것을 물건에 비유하면서, 큰 것은 쓰지 않으면 쉽게 썩는다고 하였다. 그러므로 쳐서 공격하여 빼앗으려면 크게 써야 한다면서 손무(孫武)의 병법을 설명하고 있다. 손무의 병법에는 열 배이면 포위하고, 다섯 배이면 공격하고, 곱절이면 나누고, 대적하면 싸울 수 있고, 적으면 달아날 수 있어야 하고, 대등하지 않으면 피할 수 있어야 한다고 하였다. 그러면서 무릇 큰 나라가 믿어야 하는 것은 자기는 군사를 나눌 수 있는데 상대는 나눌 수 없고, 자기는 자주 내보낼 수 있는데 상대는 그에 응대할 수 없는 것이라고 하였다.

자기 능력을 가늠하여 상대에 응대하면, 마치 이 우언과 같은 결과가 되는 것이라고 하였다.

○信用其民

　楚莊王伐鄭. 鄭伯肉袒牽羊以逆. 莊王曰:“其君能下人, 必能信用其民矣.”遂舍之.

[註] <유후론(留侯論)>에 보인다. 가우 6년(1061) 8월에 지었다.

楚莊王(초장왕): 춘추시대 초(楚)나라 임금, 춘추 5패(五覇)의 하나. 성은 미(芈), 이름은 여(旅), 일명 여(呂), 여(侶). 재위 BC 613-BC 591년.

鄭伯(정백): 정 양공(鄭 襄公), 재위 BC 604-BC 587년.

肉袒(육단): 살을 드러나게 웃통을 벗음. 옛날 사죄할 때 공경을 표시하였다.

以(이): 접속사. 동사인 牽(견: 끌고 가다)과 逆(역: 맞이하다)을 연결함.

牽羊(견양): 양을 끌고 가다. 인신하여 군대에게 음식을 주어 사례하다.

逆(역): 맞이하다.

下人(하인): 자기를 굽혀 남을 존중함. 남에게 사양하다.

遂(수): 드디어.

舍(사): 떠나가다.

☐ 번역

信用其民 ─ 그 백성에게 신용이 있다

　초 장왕(楚 莊王)이 정(鄭)나라를 치러 갔다. 정 양공은 웃통을 벗고 손수 양을 끌고 와서 초군을 영접하였다. 장왕이 말하기를, “그 나라 임금이 다른 사람에게 몸을 낮출 수 있다면 틀림없이 자기 백성에게 신뢰를 얻어 그들을 쓸 수 있을 것이다."고 하고는 드디어 군대를 물려 떠나갔다.

□ **해제**

　옛날의 호걸들은 위기에 닥치면 칼을 빼고 목숨을 던지며 싸울 수도 있지만, 큰 위협 앞에서 사명을 띠고 굴복을 하면서, 확실히 믿고 의심하지 않게 하여 훗날을 도모하는 용기를 보일 수도 있음을 보여주는 우언이다.
　정백(鄭伯)이 자신을 낮추고 초 장왕(楚 莊王)을 영접하여 나라와 백성을 구한 용기는, 훗날 월왕(越王) 구천(勾踐)이 오왕(吳王) 부차(夫差)에게 무릎을 꿇고 나라를 구한 고사로 이어졌다.

ㅇ 去瘿而死

國之有小人, 猶人之有瘿.

人之瘿, 必生于頸而附于咽, 是以不可去. 有賤丈夫
者, 不勝其忿而決去之, 夫是以去疾而得死.

漢之亡, 唐之滅, 由此之故也.

[註] <대신론(大臣論) 상>에 보인다. 가우 6년(1061) 8월에 지었다.

瘿(영): 혹. 암 덩어리.

猶(유): …과 같다.

賤丈夫(천장부): 탐욕스럽고 비루한 남자.

有者(유자): 어떤 사람.

之(지): 조사로 …의(소유격), …가, …는(주격), …에 …에게(목적격). …한
　(관형격). 이 글에서 之는 다섯 가지 용법으로 쓰였다.

去之(거지): (그것을) 없애다. 之는 대명사로 그것.

由(유): …에서 비롯되다.

故(고): 까닭.

❏ 번역

去瘿而死 — 혹을 없애려다 죽음

나라에 소인(小人)이 있음은 마치 사람에게 혹이 있는 것과
같다.

사람의 혹은 반드시 목에 생겼다가 목구멍에 붙게 되면 이 것을 없앨 수가 없다. 어떤 천장부(賤丈夫)는 자기 분을 이기 지 못해 그것을 과감하게 없애려고 한다. 무릇 이렇게 병을 없애려고 했다가 죽게 된다.

한(漢)나라가 망하고 당(唐)나라가 멸망했던 것은 이런 데서 비롯된 까닭이다.

□ 해제

이 우언은 환관과 같은 소인을 혹에 비유하고 있다.

한(漢)나라의 환제(桓帝)와 영제(靈帝) 이후 헌제(獻帝)에 이 르기까지 천하의 권세가 환관에게 돌아가서 현인군자들은 조정 에 진출하지 못하고 물러나서도 재야에서도 용납되지 않았다.

천하의 걱정은 오로지 환관에게 있으니 환관을 없애야 천하 가 무사할 것이라고 평하고 있다. 이 우언은 원소(袁紹)가 환관 을 이겨냈지만, 그 결과는 혹을 없애느라 한(漢)이 마침내 망했 다. 후에 마찬가지로 당(唐)이 쇠약해졌다고 평하고 있다.

○富人營宮室

今富人之營宮室也，必先料其資材之豐約，以制宮室之大小，既內決于心，然後擇工之良者而用一人焉．必告之曰："吾將爲屋若干，度用材幾何？役夫幾人？幾日而成？土石材葦，吾于何取之？"

其工之良者，必告之曰："某所有木，某所有石，用材役夫若干，某日而成．"主人率以聽焉．及期而成，既成而不失當，則規模之先定也．

[註] <사치론(思治論)>에 보인다. 가우 8년(1063)에 지었는데 봉상첨판(鳳翔簽判)으로 있을 때이다.

營宮室(영궁실): 건물을 짓다. 옛날에 건물을 궁실(宮室)이라 하였다.

料(료): 헤아리다.

豊約(풍약): 풍성과 검약.

以(이): '그리고'. 접속사.

度(탁): 추산하다.

當(당): 합당하다.

既成而不失當(기성이불실당): 이윽고 계산한 대로 합당함에 그르치지 않다. 成은 '약속하다, 계산하다'의 뜻.

□ 번역

富人營宮室 — 부자가 집을 지음

지금 어떤 부자가 건물을 지으려고 한다면, 반드시 그 자재를 넉넉하게 할지 검소하게 할지, 건물을 크게 할지 작게 할지를 먼저 예측하고 나서, 이윽고 마음의 결정을 한다. 그런 다음에 공장(工匠: 목수)으로 솜씨가 훌륭한 사람을 한 사람 골라 쓰게 된다. 틀림없이 그에게 말할 것이다. "내가 장차 집을 어느 정도로 지으려는데, 쓸 자재는 얼마쯤이고 인부는 몇 사람쯤 추산해야 며칠쯤에 완성되겠는가? 흙과 돌, 목재와 갈대를 내가 어디서 마련할 수 있겠소?"

그 훌륭한 공장은 틀림없이 아뢸 것이다. "아무 곳에 목재가 있고, 아무 곳에 돌이 있으며, 쓸 자재와 인부는 얼마쯤이면 아무 날에 완공될 것입니다." 주인은 들은 그대로 따르면 기일에 완성이 되고, 이윽고 계획대로 합당하게 어긋나지 않게 되는데, 그것은 규모를 미리 정했기 때문이다.

□ 해제

이 우언에서 지금 천하는 부자가 건물을 짓는 것처럼 계획을 세워야 하는데 그 계획을 세우지 않고 있다고 말한다. 백관과 담당자들은 위에서 하고자 하는 것을 알지 못하고, 각자가 딴 마음을 품어 큰 것을 좋아하는 자는 왕이 되려 하고, 권세를 좋아하는 자는 패권에 욕심을 내어 훔치려들며, 이익을 거두는 자는 재화를 모으기에 급급하고 있다고 질타하고 있다.

○ 世有好劍者

世有好劍者, 聚天下之良金, 鑄之三年而成, 以爲吾劍天下莫敵也.

劍成而狼戾, 缺折不可用. 何者? 是知鑄而不知收也.

[註] <사치론(思治論) 권44>에 보인다.
狼戾(낭려): 이리저리 사납게 잘라봄. 戾는 사납게 잘라봄.
收(수): 거두어 제련함.

□ 번역

世有好劍者 — 칼을 좋아하는 사람

세상에 칼을 좋아하는 사람이 있었는데, 천하의 좋은 쇠를 모아다가 칼을 주조하여 3년 만에 만들고는 자기 칼이 천하에 대적할 게 없으리라 여겼다.

칼이 만들어지고 나서 이리저리 사납게 잘라보니, 잘못하여 부러지고 말아 쓸 수가 없게 되었다. 왜 그랬을까? 이는 쇠를 녹여 주조할 줄만 알았지, 거두어 담금질 할 줄을 몰랐던 것이다.

❑ 해제

이 우언에서는 기술이 없어서 안 되는 것이 아니라, 행하기 어려워서이고, 행하기 어려워서 아니라 거두지 못해서라고 강조한다. 동파는 공자의 《논어·술이(論語·述而)》의 "계획을 잘 세워서 일을 잘 마무리한다.(好謀而成)"를 인용하여, 세상에 일을 일으키는 사람은 극소수인데 이루어낸 사람은 불과 몇 사람이고, 파괴하려는 사람은 이루 헤아릴 수가 없다고 하였다. 그래서 공(功)을 이룰 만한 것은 나타내기 어렵고, 이루지 못한 상황이 먼저 드러나게 된다고 논하였다.

신법이 혁신적이지만 담금질이 안 된 칼과 같다고 비판한 것이다.

○以一牛易五羊

今有人爲其主牧牛羊, 不告其主, 而以一牛易五羊. 一牛之失, 則隱而不言. 五羊之獲, 則指爲勞績.

[註] <상신종황제서(上神宗皇帝書)>에 보인다.
易(역): 바꾸다.
有人(유인): 어떤 사람.
其主(기주): 자기 주인.
失(실): 잃다, 바꾸다.
隱(은): 숨기다.
爲(위): 여기다, 삼다.
勞績(노적): 애쓴 공적.

□ 번역

以一牛易五羊 ─ 소 한 마리로 양 다섯 마리와 바꿈

어떤 사람이 자기 주인을 위하여 소와 양을 기르는데, 자기 주인에게 알리지도 않고 소 한 마리를 양 다섯 마리와 바꾸고는, 소 한 마리가 없어진 것은 숨기고 말하지 않았다. 양 다섯 마리를 얻은 것만을 지적하여 애쓴 공적으로 삼았다.

□ 해제

소동파가 신종(神宗)에게 과거제도를 비판하고 등(燈)을 사는 일을 중지시킬 것을 주청한 것에 윤허를 내리자, 청묘법(靑苗法)과 균수법(均輸法)의 실시를 반대하는 상소문에 창작하여 지은 비유적인 우화이다.

이 글에 소동파는 이어서 "상평(常平)제도를 폐지하고 청묘법의 공(功)만을 말하며 상인의 세금을 줄어들게 하여 균수(均輸)의 이익을 취하는 것이, 이 비유와 어찌 다르다고 여기는가?"라고 반문하고 있다.

우언은 소는 구법제도, 양은 신법제도로 비유하여, 구법의 장점은 숨기고 신법의 장점만 공과(功過)로 나타냈다는 것이다.

○ 刻印銷印

古之英主，無出漢高.

酈生謀撓楚權，欲復六國，高祖曰：“善！趣刻印.”及聞留侯之言，吐哺而罵之曰：“趣銷印！”

夫稱善未幾，繼之以罵，刻印，銷印，有動兒戲. 何嘗累高祖之知人？適足明聖人之無我.

[註] <상신종황제서(上神宗皇帝書)>에 보인다.

刻印銷印(각인소인): 유방[한 고조漢 高祖]이 초나라의 항우와 겨뤘으나 자주 패해 곤경에 빠졌다. 유방이 초나라를 흔들 계책을 묻자, 역이기는 '6국의 후예를 다시 세워주면 초나라를 이길 수 있을 것이다'라고 했다. 유방이 이 말을 받아들여 6국의 후예를 왕으로 봉해주기 위해 인장(印章)을 당장 새기도록 하였다. 장량이 돌아오자, 식사 중이던 유방이 역이기의 계책을 말하였다. 이에 장량이 고조의 밥상에 놓여 있던 젓가락을 빌어 그 계책의 착오를 설명했다. 그러자 유방은 당장 인장을 녹여 없애게 하고 역이기를 꾸짖으며 그의 계책을 파기하였다.

漢高(한고): 한 고조(漢 高祖) 유방(劉邦), 서한(西漢)을 세웠다.

酈生(역생): 역이기(酈食其), BC ?-BC 203년. 한(漢)나라 고양(高陽: 지금의 하남성河南省 기현杞縣) 사람. 본래 이감문리(里監門吏)였으나 진말(秦末) 농민봉기 때 유방에게 귀순하여 광야군(廣野君)에 봉해졌다. 초한(楚漢)전쟁 중에 제왕(齊王) 전광(田廣)을 한에 귀속하도록 설득하는 동안, 한신(韓信)이 제(齊)를 습격하자, 한군(漢軍)의 공격 소식을 들은 제왕 전광은 자신을 속였다고 분노하여 역이기를 솥에 삶아 죽였다.

撓(요): 약화시키다.

六國(육국): 전국시대의 제(齊), 초(楚), 연(燕), 한(韓), 위(魏), 조(趙)나라.

趣(촉): 서둘다. 빨리.

留侯(유후): 장량(張良), BC ?-BC 189년. 자는 자방(子房). 유방의 제일 모신(謀臣). 그는 6국의 후대(後代)를 세우지 말고, 영포(英布), 팽월(彭越)과 연결하고 한신(韓信)을 중용하여 항우(項羽)를 추격하여 섬멸할 것을 주장하여 모두 유방에게 받아들여졌다. 한(漢)이 건국한 후 유후에 봉해졌다.

累(누): 잘못됨.

適(적): 바로, 다만.

□ 번역

刻印銷印 ― 도장을 새기라고 했다가 곧 이어서 녹이라고 하다

고대의 영명한 임금들에 한 고조(漢 高祖: 유방劉邦)보다 뛰어난 자가 없다.

역이기(酈食其)는 초(楚)의 권세를 약화시키기를 도모하여 육국(六國)을 회복시키고자 하였다. 고조가 말하기를, "좋다, 서둘러 육국 임금의 도장을 새겨라!"라고 하였다. 그러다가 유후(留侯: 장량張良)의 말을 들어보고는, 먹던 밥을 뱉고 역이기에게 욕설을 하며, "서둘러 도장을 녹여라!"고 하였다.

좋다고 칭찬한 지 얼마 안 되어 이어서 욕설을 하며, 도장을 새기라고 했다가 녹이라고 하니, 어린애 장난 같은 행동이었다.

어찌 이것이 일찍이 고조(高祖)가 인물을 알아본 것의 잘못이겠는가? 다만 성인(聖人)만이 사사로움이 없다고 충분히 밝혔을 뿐이다.

□ 해제

신종(神宗)이 청묘법과 균수법 등 신법을 시행하며 원성이 높았다. 한 고조 유방(劉邦)이 육국의 도장을 새기자는 역이기(酈食其)의 의견을 칭찬했다가, 장량(張良)의 의견을 듣고는 즉시 욕을 하며 도장을 녹이라고 했으니, 어린아이 장난같이 보인다. 소동파는 그 고사를 인용하여 그것이 한 고조의 인물을 알아보는 지혜에 누가 되지 않고 아집이 없다고 강조한다.

신종이 신법이 좋다고 시행하다가 불가함을 알고 혁파한다고 해도, 한 고조보다 더 성스럽고, 밝음은 더할 수 있다고 이 우언을 써서 빗대며 상주하였다.

○善養生者

善養生者, 愼起居, 節飮食, 導引關節, 吐故納新. 不得已而用藥, 則擇其品之上, 性之良, 可以久服而無害者, 則五臟和平而壽命長.

不善養生者, 薄節愼之功, 遲吐納之效, 厭上藥而用下品, 伐眞氣而助强陽, 根本已空, 僵仆無日. 天下之勢, 與此無殊.

[註] <상신종황제서(上神宗皇帝書)>에 보인다.

導引(도인): 도가(道家)에서 쓰는 양생술. 대기를 끌어들이는 호흡법을 통해 마음을 안정시키고 욕심을 억제하는 일.

薄(박): 경시하다.

伐(벌): 공격하다.

眞氣(진기): 인체의 원기.

强陽(강양): 사납고 거친 기운.

僵仆(강복): 넘어져 죽음.

☐ 번역

善養生者 — 양생을 잘하는 사람

양생(養生)을 잘하는 사람은 그 일상생활을 삼가고 그 음식을 절제하며, 뼈마디를 신축하여 묵은 기(氣)를 내뱉고 신선한

기(氣)를 흡수한다. 할 수 없이 약을 쓸 때도 상등품과 약성이 좋은 것으로 써서 오래 복용해도 해가 없는 것을 고르니, 오장(五臟)이 평화로워 수명이 길어진다.

양생을 잘하지 못하는 사람은 일상생활을 삼가고 음식을 절제하는 것을 경시하여, 묵은 기를 토하고 새것을 받아들이는 효용을 굼뜨게 하며, 상등품의 약을 싫어하여 하등품의 약을 써서, 진기(眞氣)를 공격하고 겉으로만 드센 기운을 조장한다. 근본이 이윽고 고갈되어가 쓰러져 죽을 날이 멀지 않게 된다. 천하의 형세도 이와 다를 바가 없는 것이다.

❏ 해제

나라의 운명이 길고 짧음은 사람이 장수하고 요절함과 같은데, 사람이 장수하고 요절함은 원기(元氣)에 달려 있고, 나라의 운명이 길고 짧음은 풍속에 달려 있다고 말하고 있다.

세상에는 몸이 약해도 양생을 잘하여 장수하는 자가 있는가 하면, 기운이 건장해도 양생을 잘하지 못하여 갑자기 사망하는 자가 있다. 그 까닭은 원기를 잘 보존하느냐 않느냐에 달려 있다. 나라도 미풍양속을 사랑하고 아끼는 것에 그 운명이 달려 있다고 진언하고 있다.

○好走馬者

世有好走馬者, 一爲墜傷, 則終身徒行.
何者? 愼重則必成, 輕發則多敗, 此理之必然也.

[註] <의진사대어시책(擬進士對御試策)>에 나온다. 송 희녕(熙寧) 3년
(1070)에 지었다.

❑ 번역

好走馬者 ─ 말달리기를 좋아하는 사람

세상에 말달리기를 좋아하는 사람이 한 번 별안간 말에서
떨어져 다치고 나면, 일생을 걸어서 다니게 된다.
무슨 때문인가? 일을 신중히 하면 반드시 성공하게 되지만, 경
솔히 실행하면 자연 실패함이 많다. 이것은 필연적인 이치이다.

❑ 해제

이 우언은 일을 함에 있어 신중하면 반드시 성공하지만, 경솔
하면 실패가 많음을 설명하고 있다.
'신중하게 나가면 언제나 원하는 대로 이루어질 것이며, 오직
남이 믿으려 하지 않아도 자신 있게 날마다 용기를 낼 것이다.
만약 경솔히 출발하면 거동마다 실패할 것이니, 비록 남이 믿
으려 하지 않아도 스스로 불신하게 되어 날마다 두려워질 것이
다.'라고 진언하고 있다.

○ 輕車夜行

乘輕車, 馭駿馬, 冒險夜行, 而僕夫又從後鞭之, 豈
不殆哉.

[註] <의진사대어시책(擬進士對御試策)>에 보인다. 희녕 3년(1070)에 지
었다.
殆(태): 위험, 불안.

☐ 번역

輕車夜行 — 가벼운 수레로 밤에 가다

가벼운 수레를 타고 준마를 몰아 밤에 위험을 무릅쓰고 밤
길을 달려가는데, 마부가 또 뒤에서 채찍질을 하면 어찌 위태
롭지 않겠는가.

☐ 해제

소동파가 이 우언을 쓴 목적은 신종(神宗)에게 신법(新法)을
신중히 시행할 것을 권하는 데 있다.
"고삐를 풀고 말에게 꼴을 먹이고 새벽이 밝아오기를 기다려
큰길로 천천히 가기를 바라오니, 그렇게 해도 그리 늦지 않을
것입니다."

라고 권하였다.

건장한 말에다 가벼운 수레를 메워 몰게 하고, 더구나 캄캄한 밤길을 종에게 채찍질 하여 달리게 하면 그런 위험한 일이 어디 있겠는가.

○謝醫却藥

有病寒而咳者, 問諸醫, 醫以爲蠱, 不治且殺人. 取其百金而治之, 飮以蠱藥, 攻伐其腎腸, 燒灼其體膚, 禁切其飮食之美者. 朞月而百疾作, 內熱惡寒, 而咳不已, 累然眞蠱者也.

又求于醫, 醫以爲熱, 授之以寒藥, 旦朝吐之, 暮夜下之, 于是始不能食. 懼而反之, 則鐘乳, 烏喙雜然幷進, 而瘭疽癰疥眩瞀之狀, 无所不至.

三易醫而疾愈甚.

里老父敎之曰: "是醫之罪, 藥之過也. 子何疾之有! 人之生也, 以氣爲主, 食爲輔. 今子終日藥不釋口, 鼻味亂于外, 而百毒戰于內, 勞其主, 隔其輔, 是以病也. 子退而休之, 謝醫却藥而進所嗜, 氣完而食美矣, 則夫藥之良者, 可以一飮而效."

從之. 朞月而病良已.

[註] <개공당기(蓋公堂記)>에 보인다. 희녕 9년(1076)에 지었는데 밀주태수(密州太守)로 있을 때이다.

以爲(이위): 여기다.

蠱(고): 뱃속에 벌레가 생기는 병. 그 독해가 심한 경우를 고독(蠱毒)이라한다.

朞(기): 1개월.

累然(누연): 수척하고 피로한 모양.

鐘乳(종유): 종유석. 약으로 쓰인다.

烏喙(오훼): 오두(烏頭), 유독식물. 중풍, 악풍이나 한습(寒濕) 마비를 주
로 치료한다.

瘭疽(표저): 손가락 끝의 화농성 염증.

癰疥(옹개): 옹종(癰腫), 부스럼 등의 감염성 피부병.

眩瞀(현무): 눈 어지럼병.

氣(기): 원기.

主(주): 주체.

□ 번역

謝醫却藥 — 의원을 사양하고 약을 물리치다

감기에 걸려 기침을 하는 어떤 사람이 의원에게 물었다. 의
원은 고병(蠱病)이라고 여겨 치료하지 않으면 사람을 죽일 수
도 있다고 하였다. 많은 돈을 가지고 가서 치료를 하는데 고
약(蠱藥)을 먹었더니, 그의 신장(콩팥)에 약독을 일으키고 그의
신체와 피부를 약으로 태우며 좋은 음식마저 금하게 했다. 끊
은 지 한 달이 되자, 백 가지 병이 생겨나 내열, 오한이 나고
기침이 그치지 않아 수척하고 야위어 정말 고병(蠱病) 환자가
되었다.

또 다른 의원에게 가서 치료를 요청했더니 열병이라고 하여
차게 하는 약을 주니, 아침이면 토하고 저녁이면 설사를 하여
이제는 마침내 음식을 먹지 못하게 되었다. 두려워 원상태로
돌리려고 종유(鐘乳), 오훼(烏喙)를 섞어서 함께 사용하게 하

자, 손가락 끝이 화농하고 부스럼이 나면서 눈이 어지러운 상태에 이르며 증상이 모든 곳에 나타났다.

세 번 의원을 바꿔도 병은 더욱 심해졌다.

마을의 어른이 그에게 가르쳐 주었다. "그건 의원의 잘못이고 약물이 잘못된 거요. 당신에게 무슨 병이 있었으리오! 사람이 살아가는 데는 원기를 위주로 하고 음식을 보조로 삼는데, 지금 당신은 종일 약을 입에서 떼지 못하니, 몸 밖으로는 약의 쓴 냄새와 맛이 어지럽고, 몸 안으로는 백 가지 약독이 혼전하여, 그 주체(원기)를 피곤하게 하고 보양(음식)을 막아놨으니, 이 때문에 병이 난 것이오. 당신은 물러가 쉬어야 하오. 의원을 사양하고 약을 물리치고 좋아하는 음식을 드시오. 기(氣)를 갖추며 좋은 음식을 먹고 나면, 좋은 약을 한번만 먹어도 효과가 좋을 것이오."

그대로 따랐더니 한 달 만에 병이 정말로 없어졌다.

❏ 해제

이 우언은 소동파가 나라 다스리는 방법을 의원이 환자에게 약을 처방하는 것에 비유하였다.

진(秦)이 나라를 다스리는 방법은 효공(孝公)에서 진시황(秦始皇)에 이르기까지 제도개혁을 진행하는 과정에서 세밀하면서도 엄격하고 가혹하게 백성을 단련하는 정도가 극에 달하였다. 한대(漢代)에 와서 소하(蕭何)와 조참(曹參)이 진말(秦末)의 전란을 수습하고 진의 엄혹한 형벌통치를 탈피하고 백성을 휴식시키고 안정시켰다.

이 우언은 진과 한이 나라를 다스린 방식을 이해시키는 비유로 동파가 언급하고 있다.

○ 日喩

生而眇者不識日, 問之有目者.

或告之曰: "日之狀如銅盤." 扣盤而得其聲. 他日聞鐘, 以爲日也.

或告之曰: "日之光如燭." 捫燭而得其形. 他日揣籥, 以爲日也.

日之與鐘籥亦遠矣, 而眇者不知其異, 以其未嘗見而求之人也.

[註] 송 신종 원풍(元豊) 원년(1078)에 서주(徐州)지주로 임명되는 길에 지었다.

眇者(묘자): 여기서는 소경. 眇는 원래 애꾸눈을 가리킴.

捫(문): 쓰다듬다.

揣(췌): 미루어 헤아리다.

籥(약): 피리. 고대 관악기로 피리와 비슷하나 짧다.

□ 번역

日喩 — 해의 비유

태어나면서 소경인 사람이 해를 알지 못해 눈 가진 사람에게 물었다.

어떤 사람은 알려주기를, "해의 모양은 구리쟁반과 같소."라고 하였다. 소경은 쟁반을 두드려보고 그 소리를 들었다. 훗날 종소리를 듣고서 해라고 여겼다.

어떤 사람은 알려주기를, "해의 빛은 촛불과 같소."라고 하였다. 소경은 초를 쓰다듬어보고서 그 모양을 파악하였다. 훗날 피리를 만져 헤아려보고서 해라고 여겼다.

해는 종이나 피리와는 역시 거리가 먼데, 소경이 그 다름을 모르는 것은, 그가 일찍이 본 적도 없으면서 남에게서 물어 알려고 했기 때문이다.

❑ 해제

이 우언에서 소동파는 유가(儒家)에서 말하는 도(道)가 무엇인가를 간단히 논하고 있다. 도는 소경이 해를 보는 것보다 더 어렵다. 도를 터득한 사람이 있다 해도 구리쟁반이나 양초라고 여기는 것보다 더 나을 수가 없다. 그래서 소동파는 "도(道)는 인식에 이르게 할 수는 있어도 구할 수는 없다.(道可致而不可求.)"고 말하였다.

그러므로 이 우언처럼 세상에서 도를 말하는 자는 혹은 자기가 본대로 그것을 지칭하거나, 혹은 보지도 않은 것을 예상하거나 하니, 모두 도를 구하였다는 것은 잘못이라고 하였다.

○南方多沒人

南方多沒人, 日與水居也, 七歲而能涉, 十歲而能浮, 十五歲而能浮沒矣.

夫沒者, 豈苟然哉? 必將有得于水之道者. 日與水居, 則十五而得其道. 生不識水, 則雖壯, 見舟而畏之. 故北方之勇者, 問于沒人, 而求其所以沒, 以其言試之河, 未有不溺者也.

故凡不學而務求道, 皆北方之學沒者也.

[註] 南方多沒人(남방다몰인): 거듭 <일유(日喩)>편에 나온다.
沒人(몰인): 물에 잠겨 헤엄치는 사람.
涉(섭): 걸어서 물을 건넘.
苟然(구연): 아무렇게나 하는 모양, 그럭저럭 하는 모양.
道(도): 방법. 여기서는 사물의 규율을 가리킴.
所以(소이): 방법.
溺(익): 물에 빠지다. 물에 빠져 죽다.

□ 번역

南方多沒人 ─ 남방에는 잠수하는 사람이 많다

남방(南方)에는 잠수하는 사람이 매우 많은데, 그들은 날마다 물과 더불어 살아서 일곱 살이면 걸어서 물을 건너다니고,

열 살이면 물 위에 떠다닐 수 있고, 열다섯 살이면 뜨고 잠수할 수가 있다.

잠수할 수 있는 게, 어찌 아무렇게나 하여 그렇게 되겠는가? 반드시 거의 물에서 얻은 도리가 있었을 것이다. 날마다 물과 더불어 사노라니, 열다섯에 그런 도리를 얻게 된 것이리라. 자라면서 물을 모르면 비록 장년이더라도 배를 보면 두려워하게 된다. 그러므로 북방(北方)의 용맹한 사람이 잠수하는 사람에게 물어서 물에 잠기는 방법을 알아낸 뒤 그의 말대로 강물에서 시도하다가 물에 빠져 죽지 않을 자는 없을 것이다.

그러므로 무릇 실제로 배우지 않고 (추상적으로) 도(道)를 추구하려고 힘쓰는 것은 모두 북방 사람이 잠수하는 것을 배우려는 것이나 같으리라.

❑ 해제

이 우언은 물에 잠수하려면 오랜 시일 물과 더불어 경험해야 터득할 수 있듯이, 도(道)도 오래 실제로 체험하고 추구하는 데서 쌓을 수 있는 것이라고 밝히고 있다.

○威無所施

忠, 萬, 雲安多虎. 有婦人晝日置二小兒沙上, 而浣衣于水者. 虎自山上馳來, 婦人倉皇沈水避之. 二小兒殘沙上自若. 虎熟視久之, 至以首抵觸, 庶幾其一懼; 而兒痴, 竟不知怪, 虎亦卒去. 意虎之食人, 必先被之以威, 而不懼之人, 虎無所從施歟.

有言虎不食醉人, 必坐守之, 以俟其醒. 非俟其醒, 俟其懼也. 有人夜自外歸, 見有物蹲其門, 以爲猪狗類也. 以杖擊之, 卽逸去, 至山下月明處, 則虎也. 是人非有以勝虎, 而氣已蓋之矣.

使人之不懼, 皆如嬰兒醉人與其未及知之時, 則虎畏之, 無足怪者.

[註] <서맹덕전(書孟德傳) 후(後)>에 보인다. 원풍 2년(1079) 오대시안(烏臺詩案)으로 어사옥(御史獄)으로 들어가기 전에 지었다.

忠(충): 충주(忠州), 지금의 사천성 충현(四川省 忠縣) 일대.

萬(만): 지금의 사천성 만현(萬縣).

雲安(운안): 지금의 사천성 운양현(雲陽縣).

浣(완): 빨래하다.

庶幾(서기): 아마도, 혹시. 바라다.

被(피): 더하다, 미치다.

逸(일): 달아나다.

□ 번역

威無所施 — 위엄을 가하지 않다

충주(忠州), 만현(萬縣), 운안현(雲安縣) 일대 지방에는 호랑이가 많다. 어떤 한 부인이 대낮에 두 어린아이를 모래톱 가에 두고 물가에서 옷을 빨고 있었다. 호랑이가 산 위에서 달려오자 부인은 겨를이 없어 급하게 물속에 잠겨 피하였다. 두 어린아이는 모래톱 위에 남아있으면서도 태연하였다. 호랑이는 오랫동안 자세히 째려보면서 머리를 낮추고 범하려고 하며 그들을 한번 위협하고자 하였다. 그러나 아이들은 아무것도 모르므로 마침내 괴상하게 여길 줄을 모르니, 호랑이 역시 드디어 가버렸다. 생각건대, 호랑이가 사람을 잡아먹으려면, 반드시 먼저 위협을 가하는데, 아무 두려움 없는 사람에게는 호랑이인들 마음대로 위협을 행할 수가 없는 것이다.

사람들이 하는 말에, 호랑이는 술 취한 사람을 잡아먹지 못하고, 반드시 앉아서 그가 깨어날 때까지 기다리며 지킨다고 한다. 그의 술 깨기를 기다리는 것이 아니라, 그가 두려워하기를 기다리는 것이다. 어떤 사람이 밤에 바깥에서 집에 돌아오다가 그의 집 문간에 어떤 동물이 엎드려 있는 것을 보고, 돼지나 개 따위로 여겼다. 지팡이로 때리자 즉시 달아났는데 산 아래 달빛 밝은 곳에 이른 것을 보았더니 호랑이였다. 이 사람은 호랑이를 당해낼 수가 없었지만, 기세가 그(호랑이의 위세)를 덮었던 것이다.

가령 사람들이 두려워하지 않음이 모두 어린애나 술 취한 사람처럼 두려움을 아무것도 모를 때에는, 호랑이가 그들을 두려워한다 해도 괴상히 여길 게 못된다.

❑ 해제

   동생 소철(蘇轍: 1039-1123년)이 <맹덕전(孟德傳)>을 지어서 부쳐왔는데, 이외에 이미 들은 것 중에 남다르게 생각하기를 호랑이가 자기를 무서워하지 않는 자를 두려워한다는데, 그 이치를 믿을 수 있을 것 같았다. 그런데 세상에 호랑이를 만나 무서워하지 않을 사람이 없을 테니, 이런 말이 있기나 할지 끝내 시험해 볼 수도 없다.

   작자는 호랑이가 두려워하지 않는 부류를 세 가지로 기술하고 있다. 호랑이를 괴상하게 여기지 않는 아이들, 무섭다는 의식이 없는 술 취한 사람, 또 호랑이인 줄 모르고 강하게 덤비는 사람이다. 호랑이의 위세에도 당당하게 처신하는 사람을 잡아먹지 못하는 사람으로 말하고 있다.

○一日而愈

臣近患積聚. 醫云:“據病, 當下, 一日而愈. 若不下, 半月而愈. 然中年以後, 一下一衰, 積衰之患, 終身之憂也.”臣私計之, 終不以一日之快, 而易終身之憂. 遂用其言, 以善藥磨治, 半月而愈. 初不傷氣, 體力益完.

因悟近日臣僚獻言, 欲用兵西方, 皆是醫人欲下, 一日而愈者也. 其勢亦未必不成, 然終非臣子深愛君父, 欲出萬全之道也.

[註] <대등보론서하서(代滕甫論西夏書)>에서 뽑은 것이다.
愈(유): 병이 낫다.
積聚(적취): 체증이 오래되어 뱃속에 덩어리가 생기는 병.
下(하): 설사하다.
磨治(마치): 몸조리를 함.
因(인): 그리하여. 접속부사.
用兵(용병): 군사를 씀. 전쟁을 함.
西方(서방): 서하국(西夏國)을 가리킴.

□ 번역

一日而愈 — 하루에 병이 낫다

제가 요즘 적증(積症)을 앓았습니다. 의원이 말하기를, “병의 사정을 근거로 하면 당장 설사를 하면 하루면 낫겠습니다. 만약 설사를 하지 않으면, 반 달 되어야 낫겠습니다. 그러나 중년 이후에는 한 번 설사를 하면 한 번 쇠약해집니다. 적병(積病)으로 쇠약해지는 것이 쌓이면 평생 걱정거리가 됩니다." 라고 하였습니다. 저는 마음속으로 헤아려 보기를, 마침내 하루에 쾌차하려다가 평생 갈 걱정과 바꾸어서는 안 되었습니다. 드디어 의원의 말에 따라 좋은 약으로 조섭을 하니 반 달 만에 병이 나았습니다. 애당초 원기를 상하지 않아서인지 체력은 더욱 튼튼해졌습니다.

그래서 깨달았습니다. 요즘 신료(臣僚)들이 폐하께 말씀을 올려 서하국(西夏國)에 군사를 쓰자고 함은, 모두 의원이 설사를 해서 하루 만에 병을 낫게 하는 것이니, 그 형세도 역시 반드시 성공하지 않는다는 것은 아닙니다. 그러나 끝내 신하나 자식이 임금이나 부모를 깊이 사랑해서, 만전을 기하고자 하는 방도로 나아가고자 하는 것은 아닙니다.

□ 해제

이것은 동파(東坡)가 '병이 나서 의원을 구한 데서 우연히 하나의 사실을 깨닫고 정치에도 미루어 시행해도 될 것이다.'라고 한 우언이다.

장수는 현명하고 병사는 용감하면 전쟁에 가서 어찌 이기지 못하겠는가만, 동파는 오히려 만전을 기하는 것이 아니라고 보았다. 속담에 '팽조(彭祖)가 우물을 살피는 경우, 자신의 안전을 위해 몸을 큰 나무 위에 줄을 매어놓고 수레바퀴를 우물에 덮은 다음에야 우물 속을 들여다본다.'고 했는데, 이 말이 비록 고루

하지만 일에는 절실한 것이다.

　군대는 흉기(凶器)여서 자칫하면 생사가 달려 있으므로 사람을 곤경에 빠뜨려 두려울 만함이 우물보다도 심하다고 하였다. 그래서 신중을 기해야 한다는 것이다.

○ 小兒毁齒

滅國, 大事也, 不可以速.
譬如小兒之毁齒, 以漸搖撼之, 則齒脫而小兒不知. 若
不以漸, 一拔而得齒, 則毁齒可以殺兒.

[註] <대등보론서하서(代滕甫論西夏書)>에 보인다.
毁齒(훼치): 어린아이가 젖니가 빠지고 새 이가 다시 나오는 것을 말
한다.

□ 번역

小兒毁齒 — 어린아이의 썩은 이

하나의 나라를 멸망시키는 것은 큰일이니 급히 처리해서는
안 된다.
비유하면, 어린아이의 썩은 이가 점차 흔들리다가 이빨이
빠지면 어린아이가 알지를 못한다. 만약 점차 하지 않고 한
번에 빼서 새 이빨을 얻으려 한다면 썩은 이가 아이를 죽일
수도 있다.

□ 해제

조조(曹操)가 북쪽으로 오환(烏丸)을 토벌하고 원소(袁紹)의

아들인 원상(袁尙)과 원희(袁熙) 형제를 토벌하자 원상과 원희가 요동으로 도망갔다. 어떤 사람이 이들을 평정할 것을 권했다. 조조가 말하기를 느슨하게 내버려두면 서로 내분이 있을 것이라고 하였는데, 결국 나중에 그들을 멸망시키게 되었다. 남의 나라를 멸망시키는 것은 큰일이므로 절대 서둘러서는 안 된다.

송 신종(宋 神宗)이 서하(西夏)를 치려는 것에 대해 소동파가 간언한 우언이다.

○不素定之過

國之用兵, 正如私家之造屋. 凡屋若干, 材石之費, 穀米之用, 爲錢若干, 布算而定, 無所贏縮矣. 工徒入門, 斧斤之聲鏗然, 而百用毛起, 不可復計. 此慮不素定之過也. 旣作而復聚粮, 旣斫而復求材, 其費必十倍, 其工必不堅.

故王者之兵, 當如富人之造屋. 其慮周, 其規模素定, 其取材積粮皆有方. 故其經營之常遲, 而其作之常速, 計日而成, 不愆于素, 費半他人, 而工必倍之.

[註] <답이종서(答李琮書)>에 보인다. 원풍 4년(1081)에 지었다.

素定(소정): 평소에 정함.

贏縮(영축): 남고 모자람.

鏗然(갱연): 쨍쨍. 도끼가 나무를 쪼개는 소리.

毛起(모기): 머리털이 일어나는 모양.

愆(건): 허물, 과실.

□ 번역

不素定之過 — 본래 정하지 않은 잘못

나라의 용병(用兵)은 바로 개인이 집을 짓는 것과 같다. 무릇 집을 짓는 데는 다소간의 목재와 석재의 비용, 양식의 소모를 돈 얼마와 포목으로 계산하여 정하는 데 남고 모자람이 없게 한다. 장인들이 문에 들어서자 도끼소리가 쨍쨍 나면, 백 가지 비용은 머리끝이 솟을 정도로 다시 헤아릴 수가 없게 나간다. 이러한 근심은 평소에 정하지 않은 잘못이다. 이미 작업을 하고 있는데 다시 식량을 모으거나, 이미 자귀질을 하고 있는데 다시 재목을 구하다가는, 그 비용은 반드시 10배가 들고 그 공정은 반드시 충실할 수가 없다.

그러므로 군왕의 용병은 응당 부자가 집 짓는 것과 같아서 그 생각이 주밀하고, 그 규모가 평소에 정해지고, 그 재목을 구하고 식량을 쌓아놓는 것에 모두 방책이 있어야 한다. 그러므로 그 경영이 비록 항상 늦더라도 그 작업은 항상 빨라져 헤아린 날짜에 이루어지게 되며, 평소에 잘못되지 않으면 비용은 다른 사람에 비해 절반이면서도 공정은 반드시 갑절이 될 것이다.

☐ 해제

이 우언은 왕천상(王天常)이 서남이전(西南夷戰: 송대 청해·운남 등 서남만이西南蠻夷와의 전쟁)의 초무사(招撫使)가 되어 소동파에게 한 우언을 이종(李琮)에게 보낸 답신 편지에 적어 넣은 것이다.

왕천상은 잠시 장병(將兵)을 줄이고 다만 전운사(轉運使)와 노주지부(瀘州知府)를 정선해서 법 이외의 행사를 할 수 있도록 허락하여 2년 기간을 주면 계획하고 조치해서 다른 사람에게 더 이상 주지 않도록 하겠다고 하였다. 왕천상은 어려서 아버지

왕제웅(王齊雄)을 따라 이중(夷中)에 들어와서 그들의 신임을 받고 서남이전에 참가하였고, 이전에 소동파와 노주(瀘州) 사태에 대해 이야기를 나눈 적이 있다.

　　나라의 용병은 개인이 집을 짓는 것과 마찬가지로 계획을 치밀하게 세워야 착오가 없음을 제시하고 있다.

○ 好食河豚

江淮間人, 好食河豚, 每與人爭河豚本不殺人. 嘗戲
之: "性命自子有, 美則食之, 何與我事?"

[註] <답진사중주부서(答陳師仲主簿書)>에 보인다. 원풍 4년(1081)에 지
  었다.
河豚(하돈): 복어. 짠물과 단물이 교차하는 곳에서 난다. 맛은 좋은데 난
  소에 독소를 품고 있어, 잘못 먹으면 중독되어 죽는다.
戲(희): 서로 장난으로 내기를 하다.
子(자): 그대. 옛날 남자에 대한 존칭.

❏ 번역

好食河豚 ― 복어를 즐겨 먹다

양자강과 회하(淮河) 일대에 사는 사람들은 복어를 즐겨 먹
으면서, 언제나 사람들과 논쟁을 하며 "복어는 원래 사람을 죽
이지 않는다."라고 말한다. 사람들이 서로 장난으로 (죽을지
살지) 내기를 걸며 "생명은 당신 자신의 것일 테니 맛이 있으
면 먹는 것이지, 어찌 나와 연관이 있겠는가?"라고 말한다.

❏ 해제

이 글은 필화사건으로 감옥에 갇혔다가 석방되어 황주단련부

사(黃州團練副使)로 유배되었을 때 쓴 것이다.

진사중(陳師仲) 주부(主簿)가 편지와 시문 몇 편을 보내왔는데, 시가 사람을 곤궁하게 한 경우는 전부터 존중되어 왔는데 특히 동파에게 심했다며, 그러나 더 노력하면 그 시가 날로 솜씨가 있게 되어 나중에 쓸 데가 있을 것이라고 하였다. 그러자 동파는 이렇게 영달하지 못한 것을 그대가 알 것이라며 손이 트지 않을 약이나 보내주면 좋겠다면서 이 우언을 적어 보냈다.

시 때문에 오대시안에 걸린 것을 복어에 독이 있는 것에 비유한 것이다. 시 때문에 곤궁하게 된다 하더라도 즐기면 되는 것이고, 복어에 독이 있다 하더라도 복어를 먹음으로써 사람이 죽지 않으니 맛이 있으면 먹으면 되지 무슨 상관이냐고 표현하였다. 시도 즐기면 되는 것이고, 복어도 맛이 있으면 먹는 것이라고 우언에 부연하여 편지에 적고 있다.

○子瞻患赤眼

余患赤目, 或言不可食膾. 余欲聽之, 而口不可, 曰:
"我與子爲口, 彼與子爲眼, 彼何厚, 我何薄? 以彼患而
廢我食, 不可."
　子瞻不能決.
　口謂眼曰: "他日我痁, 汝視物吾不禁."

[註] 《동파지림(東坡志林) 권1》에 보이는 우언이다. 원풍 6년(1083) 3월
　에 지었다.
子瞻(자첨): 소식(蘇軾)의 자(字).
赤眼(적안): 눈이 빨개지는 병. 결막염.
與(여): …에게, …에게 있어서.
子(자): 당신, 그대.
痁(고): 아감창, 아구창. 신감(腎疳)에 걸려 입술과 잇몸이 헐고 썩는 병.

□ 번역

子瞻患赤眼 — 소동파의 결막염

　내가 결막염을 앓았을 때, 어떤 사람이 회를 먹어서는 안
된다고 말하였다. 나는 그 말을 믿고 싶었지만, 그러나 내 입
부리가 찬동할 수 없다고 하면서 말하였다. "저는 당신에게는
입이 되고 그는 당신에게는 눈이 되는데, 어째서 그에게는 잘

대해주면서 저에게는 어째서 야박합니까? 그가 아프다고 해서 제가 먹는 것을 못하게 하다니, 그렇게 해서는 안 됩니다."

자첨(子瞻)은 머뭇거리며 결정을 하지 못하였다.

입이 눈에게 말하였다. "다음에 내가 아구창에 걸릴 경우, 네가 물건을 보더라도 나는 못하게 하지는 않겠네."

□ 해제

눈과 입은 몸에 속한 각각 다른 기관이다. 하는 일이 다르나 회가 눈병에 나쁘다면 입은 자기의 작용을 할 수가 없다. 그러나 아구창에 걸렸을 때 입은 작용을 못해도 연관이 없는 눈은 자기의 작용을 할 수 있다. 그런데 입이 병들었을 때 아무 연관도 없는 눈의 작용을 금지하지 않겠다는 선언은 두 개의 기관이 협조가 안 될 수 있다는 의미를 내포하고 있다.

몸이 국가라면 국가의 체계도 서로 연관이 없는 기관끼리 눈과 입처럼 간섭하는 현상이 일어날 수 있을 것이다.

○農夫小人

農夫小人, 日耕百畝, 負擔百斤, 初無難色, 一日坐
之堂上, 與相賓饗, 便是一厄.

[註] 《소식문집(蘇軾文集) 제6책》 <소식일문회편(蘇軾佚文滙編)·권2>
《척독(尺牘)》 <여왕정국칠수(與王定國七首) 기일(其一)>에 보인다. 원
풍 8년(1085) 등주(登州)지주가 되었을 때 지은 것이다.
相賓(상빈): 보좌관원 혹은 제향이나 의식 때 소임을 맡은 사람.
饗(향): 술과 음식으로 사람을 접대함. 대접하다.

❏ 번역

農夫小人 — 농부인 백성

농부인 백성이 하루에 백 무(畝)의 밭을 경작하며, 백 근을
짊어지면서도 본래 전혀 난처한 기색이 없었다. 그러나 어느
날 갑자기 당상에 앉아 손님에게 음식을 대접하게 되니 곧 하
나의 고난이 되었다.

❏ 해제

동파가 6년을 유배생활로 외지에 있다가 갑자기 조정에서 등
주(登州: 지금의 산동성山東省 봉래시蓬萊市)의 지주로 임명되었

을 때 벗인 왕정국(王定國)에게 자기의 처지를 우언으로 비유하여 준 편지이다.

"적거(謫居) 6년에 하루도 즐거움이 없었는데, 오늘 다시 군(郡)을 맡으라고 명령으로 독촉하니 앉아서 백가지 걱정이 생긴다."고 묘사하였다.

동파는 농부인 백성이 하루아침에 당상에 앉아 손님을 맞이하고 접대하는 것이 곤경이라면서, 자신은 농사 이외에는 아무것도 모르는 농부의 심정임을 토로하고 있다.

○ 分劑變湯

如人服藥, 病日益增, 體日益羸, 飲食日益減, 而終
不言此藥不可服, 但損其分劑, 變其湯, 使而服之, 可
乎?

[註] <걸불급산청묘전곡장(乞不給散靑苗錢斛狀)>에 보인다. 원우(元祐)
원년(1086) 8월 4일에 지었다.

羸(리): 파리함, 약함.

損(손): 감소하다.

分劑(분제): 조제한 약을 나눈 것.

變其湯(변기탕): 탕물의 많고 적음으로 바꿈. 탕을 바꾼 것이지 약을 바꾼
것이 아님을 말한 것.

使(사): 제멋대로.

□ 번역

分劑變湯 — 약을 줄이고 탕을 바꿈

만약 어떤 사람이 약을 복용하는데, 병이 날로 더해지고 몸
이 날로 더 파리해지며 음식이 날로 더 줄어든다면, 끝내 이
약을 복용해서는 안 된다고 말하지 않고, 다만 그 분제한 양
을 줄이고 그 탕물의 양을 바꾸면서 제멋대로 복용해서야 되
겠는가?

❏ 해제

　소동파는 신종(神宗)의 신법은 본래 억지로 부과하는 것을 허용하지 않았으나 그 폐해가 여기에 이르렀고, 지금 비록 그 억지 부과를 다시 금지했지만 그 폐해가 옛날대로 남아있다고 말하고 있다.

　동파는 상주(上奏)하기를, "신(臣)이 삼가 희녕(熙寧) 이래를 보면 청묘(青苗), 면역(免役) 두 법이 시행되어 지금 20여년인데, 법은 날로 더욱 폐단이 있고, 백성은 날로 더욱 가난해지고, 형벌은 날로 더욱 번잡하고, 도적은 날로 더욱 번성하고, 밭은 날로 더욱 버려지고, 곡식과 비단은 날로 더욱 적어져 그 폐해를 낱낱이 헤아리자면 이루 말할 수 없을 정도입니다.(右臣伏見熙寧以來, 行青苗, 免役二法, 至今二十餘年, 法日益弊, 民日益貧, 刑日益煩, 盜日益熾, 田日益賤, 穀帛日益輕, 細數其害, 有不可勝言者.)"라고 하였다.

○ 烏賊魚說

海之魚, 有烏賊其名者. 呴水, 而水鳥戲于岸間. 懼
物之窺己也, 則呴水以自蔽. 海鳥疑而視之, 知其魚也
而攫之.

嗚呼! 徒知自蔽以求全, 不知滅迹以杜疑, 爲識者之
所窺, 哀哉!

[註] <이어설(二魚說)>의 하나이다.

烏賊魚(오적어): 오징어

呴(구): 물을 토함.

水鳥(수조): 해조(海鳥), 즉 바다갈매기를 가리킴.

窺(규): 엿보다.

蔽(폐): 가리다.

攫(확): 움켜쥐다.

徒(도): 헛되게, 다만

杜(두): 막다.

爲(위)~ 所(소)~: ~에게 ~되다. 피동태용법.

□ 번역

烏賊魚說 — 오징어에 대하여

바다의 고기 중에 오징어라 이름 불리는 것이 있다. 오징어가 물을 뿜을 때면 바다갈매기들은 해안에서 놀고 있다. 오징어는 다른 동물이 자기를 엿볼까 두려우면 먹물을 뿜어 스스로를 가리려 한다. 바다갈매기는 이상히 여기다가 그것이 물고기인 줄 알고는 낚아챈다.

아아! 헛되이 스스로를 가려 온전하게 되기를 구했으나 자취를 없애 의심을 막는 것을 알지 못해 식자(識者)에게 엿보이게 되었으니, 슬프구나!

□ **해제**

오징어가 먹물을 뿜는 것은 물속에서 자신을 방어하려는 것이다. 그러나 물 위에서 보면 오히려 자기를 드러내는 화를 초래하게 된다는 것이다. 즉 '욕개미창(欲蓋彌彰: 덮을수록 더 드러남)'이 이 우언의 주된 뜻이다.

○河豚魚說

河之魚, 有豚其名者. 游于橋間, 而觸其柱, 不知遠去, 怒其柱之觸己也, 則張頰, 植鬣, 怒腹而浮于水, 久之莫動. 飛鳶過而攫之, 磔其腹而食之.

好游而不知止, 因游以觸物, 而不知罪己, 乃妄肆其忿, 至于磔腹而死, 可悲也夫!

[註] 소식이 유종원(柳宗元)의 <삼계(三戒)>에 이어서 지은 <이어설(二魚說)>의 하나이다. 《소식문집(蘇軾文集) 권64》<잡저(雜著)>에 보인다. 1089-1091년 항주태수(杭州太守)로 부임했을 때 지은 것이다.

河豚魚(하돈어): 복어. 몸은 둥그스름한데 공기주머니가 있어 공기를 빨아들여 팽창시킬 수 있다. 고기 맛이 좋으나, 간과 피와 생식선에 독소가 있다.

張頰(장협): 뺨을 부풀림.

植鬣(식렵): 지느러미를 세움.

植(식): 세우다.

鬣(엽): 말갈기이나 여기서는 고기의 등지느러미로 쓰였다.

怒腹(노복): 공기로 배를 부풀림.

鳶(연): 솔개.

攫(확): 새가 발톱으로 움켜잡음.

磔(책): 찢어 죽임.

因(인): 그리하여. 접속부사.

以(이): 동사인 游(유)와 觸(촉)을 이어주는 접속사.

妄肆(망사): 망령되게 거리낌 없음.

忿(분) :분하여 화를 냄.

□ 번역

河豚魚說 — 복어에 대하여

　강의 고기에 하돈(河豚: 복어)이라는 것이 있는데, 다리 근처에서 헤엄을 치다가 기둥에 부딪쳐도 멀리 갈 줄을 모르고, 기둥이 자기에게 부딪쳤다고 화를 내었다. 볼을 부풀리고 지느러미를 세우며 배를 잔뜩 부풀려서 물에 떠서 오랫동안 꿈적도 않는다. 날아가던 솔개가 지나가다가 복어를 발톱으로 움켜잡고는 배를 찢어 죽여서 먹어버렸다.

　헤엄치기를 좋아하면서도 멈출 줄을 모르고, 헤엄치다 물체에 부딪쳐도 자기 잘못인 줄 모르며, 화내기를 망령되게 제멋대로 하다가 배가 찢겨 죽기에 이르게 되었다. 슬프도다!

□ 해제

　망령되게 화를 내고 자기 잘못을 남의 탓으로 여기며 마냥 큰체하다가 최후에 파멸을 가져오게 된다는 우언이다.

ㅇ 專務適口

去歲在都下, 見一醫工, 頗藝而窮, 慨然謂僕曰:"人所以服藥, 端爲病耳. 若欲以適口, 則莫如芻豢, 何以藥爲! 今孫氏劉氏皆以藥顯. 孫氏期于治病, 不擇甘苦, 而劉氏專務適口, 病者宜安所去取. 而劉氏富倍孫氏, 此何理也!"

使君斯文, 恐未必售于世. 然售不售, 豈吾儕所當挂口哉! 聊以發一笑耳.

[註] <답건수유괄서(答虔倅兪括書)>인 편지이다. 《소동파전집(蘇東坡全集) 권76·서(書)16》에 보인다. 소성(紹聖) 원년(1094) 혜주(惠州)에 유배된 후에 지었다.

專務適口(전무적구): 오로지 입맛에 맞도록 힘씀.

都下(도하): 북송(北宋)의 서울 변경(汴京: 지금의 개봉시開封市)

頗藝而窮(파예이궁): 기술은 높으나 곤궁함.

端(단): 진실로. 과연.

爲病(위병): 병을 치료하다. 爲는 '治'와 같은 뜻.

芻豢(추환): 가축. 芻는 소, 양처럼 풀로 기르는 동물. 豢은 개, 돼지처럼 곡식으로 기르는 동물.

去取(거취): 버리거나 취함. 선택.

使君(사군): 사또. 여기서는 동파의 벗인 유괄(兪括)을 가리킨다.

斯文(사문): 유학(儒學).

售(수): 팔다. 여기서는 알아주다, 중시하다의 뜻으로 쓰였다.

□ 번역

專務適口 — 입맛에 맞게 힘씀

지난해 서울[변경汴京]에 있을 때 한 의생(醫生)을 만나니, 그의 의술은 자못 뛰어났지만 곤궁하였습니다. 그는 개탄하며 내게 말했습니다. "사람들이 약을 복용하는 까닭은 진실로 병을 치료하는 것일 뿐입니다. 만약 입에 맞게 하고 싶으면 가축의 고기를 섭생하느니만 못할 것인데, 어찌 약으로 치료해야만 하겠습니까. 지금 손씨(孫氏)나 유씨(劉氏)는 모두 약으로 이름이 났습니다. 손씨는 병을 치료하는 데에 원칙 정하기를 약이 달든 쓰든 가리지 않습니다. 그러나 유씨는 오로지 입맛에 맞도록 힘쓰니, 병자들은 약 선택에 응당 편안해 합니다. 그래서 유씨는 손씨보다 갑절이나 부유하게 되니 이게 무슨 도리입니까?"

사또의 문장을 혹시 세상에서 반드시 알아주지 못할까 염려됩니다. 그렇다고 알아주느냐 안 알아주느냐를, 어찌 우리들이 입에 마땅히 올려야 하겠습니까? 애오라지 한번 웃어볼 뿐입니다.

□ 해제

건주(虔州) 수령 유괄(俞括)의 편지에 회답하여 적은 우언이다.

소동파는 당대에 문인(文人)들이 성대하기는 지금과 같은 때가 없지만, 그러나 자신이 사사로이 존경하는 사람은 육선공(陸

宣公: 육지陸贄) 한 사람뿐이라면서 집에 그의 상주본을 놔두고 이것을 세상 사람들에게 배우게 하고 싶다고 하였다. 이 처방을 집에 보관하도록 해서 사람들이 이 약을 지니고서 세상의 병든 자를 기다리는 것이, 어찌 어진 군자(君子)의 지극한 정성이 아니겠는가라며 이 우언을 편지에 적어 넣었다.

세상을 치료하는 처방은 마구 약을 쓰거나, 입맛에 맞게 쓰거나 하는 것이 아니며, 사또의 문장도 이 처방처럼 알아주느냐 안 알아주느냐가 문제가 아니라는 것이다.

○ 卓契順禪話

蘇臺定慧院淨人卓契順, 不遠數千里, 陟嶺渡海, 候無恙于東坡.

東坡問: "將什麽土物來?" 順展兩手. 坡云: "可惜許數千里空手來." 順作荷擔勢, 信步而去.

[註] 《동파지림(東坡志林)·도석(道釋)》에 나와 있다. 《소식문집(蘇軾文集)·서귀거래사증탁계순(書歸去來詞贈卓契順)》에 '紹聖二年三月二日卓契順至惠州.'라고 있으니 이 글은 소성 2년(1095)에 지은 것이다.

卓契順(탁계순): 강소 의흥(江蘇 宜興) 사람으로, 소주 정혜원(蘇州 定慧院) 장로(長老) 수흠(守欽)에게 불경을 배웠다.

禪話(선화): 불교이념에 관한 이야기. 선문답.

蘇臺(소대): 소주(蘇州)의 고소대(姑蘇臺).

淨人(정인): 절에 있으면서 승려의 시중을 드는 사람을 일컫는다.

陟嶺(척령): 중국 남부의 대유령(大庾嶺)을 넘는 것을 가리킨다.

恙(양): 질병, 상해.

將(장): 가지다.

許(허): 여차(如此). 이와 같이.

荷擔(하담): 어깨에 둘러 맴.

信步(신보): 마음대로 걷다.

□ 번역

卓契順禪話 — 탁계순과의 선문답

소주(蘇州)의 절 정혜원의 스님 탁계순(卓契順)이 수천 리를 멀다 않고 산맥을 넘고 물을 건너와 동파(東坡)에게 앓지나 않았는지 안부를 물었다.

동파가 물었다. "무슨 토산물이나 가지고 왔소?" 탁계순은 (텅 빈) 양손을 펴보였다. 동파가 말하기를, "이렇게 수천 리를 빈손으로 오다니 애석하구먼." 그러자 탁계순은 (행낭을) 어깨에 둘러매는 자세를 짓더니, 마음대로 걸어 가버렸다.

□ 해제

탁계순은 원래 소주 정혜원(蘇州 定慧院)의 잡역 스님으로 소동파와는 모르는 사이였다. 동파의 가족들은 의흥(宜興)에 살고 있었는데, 큰아들 소매(蘇邁)는 먼 남방에 유배된 동파에게 소식을 전할 수가 없었다. 소매가 전세웅(錢世雄)에게 하소연하였고, 전세웅은 정혜원 장로 수흠(守欽)에게 호소하였다. 그것을 옆에서 듣고 있던 탁계순이 자원하여 소매의 편지와 수흠의 《의한산자십송(擬寒山子十頌)》을 가지고 1,500여km 여정을 산 넘고 물 건너며 혜주(惠州)로 찾아왔다.

소동파는 그가 반 달을 머물고 돌아갈 때 그 보답으로 <서귀거래사증탁계순(書歸去來詞贈卓契順)>을 써주었는데, 그것이 후대에 이름을 남기게 된 것이다.

○ 道人戲語

都下有道人坐相國寺賣諸禁方, 緘題其一曰: "賣賭錢
不輸方."
少年有博者, 以千金得之. 歸發視其方曰: "但止乞頭."
道人亦善鬻術矣. 戲語得千金, 然亦未嘗欺少年也.

[註] 《동파지림(東坡志林) 권2》 <기도인희어(記道人戲語)>에 보인다.
소성 2년(1095) 5월 9일에 지었다.

道人(도인): 도술(道術)을 하는 사람.

都下(도하): 서울. 서울인 변경(汴京: 지금의 개봉시開封市)을 가리킨다.

相國寺(상국사): 지금의 하남성 개봉시 내(河南省 開封市 內)에 있었다.
본이름은 건국사(建國寺)인데, 최초는 555년에 세워졌고 당 예종(唐 睿
宗)이 옛날 상왕(相王)으로 봉해져 중건한 후에 대상국사(大相國寺)로
개명되었기 때문에 상국사라 불려졌다. 송(宋)대에 두 번 확건되고 절
안에 시장이 있어서 만 명을 수용할 수 있었으며 사방 상인들이 서울에
와서 무역을 하러 모두 여기에 모여들었다.

禁方(금방): 함부로 가르쳐 주지 않는 술법. 비방.

緘(함): 서신을 봉함.

輸(수): 지다, 실패하다.

博者(박자): 돈과 재물이 많은 사람.

乞頭(걸두): 도박장을 만들어 딴 것에서 떼어내어 개평하는 것.

亦(역): 다만, 또한.

鬻(육): 팔다[賣].

未嘗(미상): …라고 말할 수 없다.

□ 번역

道人戲語 ― 도인의 장난말

서울(변경)에 어떤 도술을 하는 사람이 상국사(相國寺)에 앉아서 여러 가지 비방(秘方)을 내놓고 팔고 있는데, 비방이 담긴 봉투를 봉해 놓고 제목을 적어 놓았다. 그 중의 하나에 제목을, "도박에 지지 않는 비방을 팝니다."라고 하였다.

어떤 도박을 좋아하는 젊은이가 천금의 높은 값으로 그것을 사들였다. 돌아가서 그 비방을 열어보았더니 쓰여 있기를, "단지 노름 개평하는 데만 그쳐야 하느니라." 하였다.

도술 하는 사람은 다만 법술을 팔기를 잘했다고 하겠다. 장난말로 천금을 얻었으나, 그렇지만 또한 결코 젊은이를 속였다고 할 수는 없을 것이다.

□ 해제

정쟁(政爭)에 휘말려 유배생활을 하며 고초를 겪고, 사회의 부조리한 현상을 우언에 붙여 소품 형식으로 문학을 승화시킨 사람이 소동파이다.

상국사 절 안에 만 명을 수용할 수 있는 상가가 있어 시끌벅적한 가운데 산속에나 있어야 할 도인(道人)이 일확천금을 꿈꾸는 젊은이를 상대로 장난말로 천금을 받았다. 노름판에서 돈을 잃지 않는 방법은 개평밖에 없다는 것을 도인은 어떻게 알았을까. 도인의 비방(秘方)에 해학이 느껴진다.

○ 記游松風亭

　余嘗寓居惠州嘉祐寺，縱步松風亭下，足力疲乏，思欲就林止息．望亭宇尙在木末，意謂是如何得到？良久忽曰：“此間有什麼歇不得處！” 由是如挂鉤之魚，忽得解脫．

　若有人悟此，雖兵陣相接，鼓聲如雷霆，進則死敵，退則死法，當什麼時也不妨熟歇．

[註] 《동파지림(東坡志林) 권1》에 보인다. 소성 1년(1094) 혜주(惠州)에 유배되었을 때 지었다.

縱步(종보): 한가로이 거닒.

亭宇(정우): 누각.

末(말): 가지 끝.

良久(양구): 매우 오랫동안.

歇(헐): 멈춰 쉼.

☐ 번역

記游松風亭 — 송풍정 유람기

　내가 일찍이 혜주(惠州)의 가우사(嘉祐寺)에 머물러 살 때였다. 한가히 걷다가 송풍정(松風亭) 아래에 이르렀는데 다리에 힘이 풀렸다. '숲속에 가면 멈춰 쉴 수 있겠지'라고 생각했다.

위를 바라보았더니 정자가 아직도 나무 끝으로 보이고 있기에, 마음속으로 '여기서 어떻게 해야 올라갈 수 있겠나'고 하였다. 한참 오래 있다가 갑자기 말했다. "여기라고 어찌 쉴 수 없겠나!" 이에 마치 낚시에 걸린 물고기가 갑자기 낚시 바늘에서 벗어난 듯 해탈(解脫)의 경지를 얻게 되었다.

만약 어떤 사람이라도 이것을 깨닫게 되면, 비록 전쟁터에서 군진(軍陣)이 서로 부닥뜨려 우레같이 북을 울리는데, 나아가면 적에게 죽고 물러나면 군법으로 죽게 된다 하더라도, 어느 때가 되었건 푹 쉬는데 지장이 없을 것이다.

☐ 해제

이 우언은 한가히 산책을 하다가 얼핏 깨달은 깊은 사색을 적었다. 일정한 장소로 향하는 공간적인 거리에서 벗어나 정신적인 해탈의 경지로 이르게 된 변화를 기록하였다.

특히 전쟁에서 군대끼리 북을 울리며 부닥뜨리는 상황에서도 삶과 죽음을 초월하는 평정을 유지할 수 있다는 구절은 황주(黃州), 혜주(惠州)에서의 장기간의 유배생활을 극복한 경험의 산물일 것이다.

○牧羊而夢爲王公

　人有牧羊而寢者，因羊而念馬，因馬而念車，因車而念蓋，遂夢曲蓋鼓吹，身爲王公.
　夫牧羊之與王公，亦遠矣; 想之所因，豈足怪乎?

[註] <몽재명(夢齋銘)>에 보인다. 소성 4년(1097)에 지었다.

蓋(개): 수레 차일. 고대 수레 위에 치던 차일로 모양은 양산과 같이 둥그런데 아래 자루가 달려, 비와 햇빛을 가리는 데 사용된다.

曲蓋(곡개): 햇빛을 가리기 위해 수레 위에 친, 자루가 좀 굽은 덮개.

鼓吹(고취): 고대의 일종의 기악 합주로 북, 징, 퉁소, 피리 등을 사용하였다.

牧羊之(목양지): 여기서 之는 주격조사인 '…가, 는'의 뜻.

因(인): 원인. 편안한 상태에서 꿈꾸는 원인.

□ 번역

牧羊而夢爲王公 ― 꿈에 왕공이 된 양치기

　어떤 양치기가 잠들었을 때, 양에서 생각이 말[馬]에 이르고, 말에서 생각이 수레에 이르고, 수레에서 생각이 수레 차일에 이르러, 드디어 꿈은 곡개(曲蓋)를 친 마차 위에 앉고 앞에는 북치고 피리 불며 연주를 하고 가니, 자신이 왕공귀족이 되었다.

양치기는 왕공(王公)과는 역시 거리가 멀다. 상상의 원인이 된 것이 어찌 기이할 만하다 하겠는가.

❑ 해제

<몽재명(夢齋銘)>에서 악광(樂廣)이 '형체와 정신이 접하지 않은 것이 꿈인데(形神不接而夢)' 생각이 원인이 된 것이라고 하였다. <몽재명>에서 소동파는 인간은 티끌의 생성과 소멸의 과정을 거치는데 한결같은 생각으로 존재하지 않는다면서 형체와 정신이 지속적으로 접촉하는 것은 아니라고 하였다.

꿈꾸든 깨어 있든 티끌로 존재하는 동안은 어떤 원인에서 상상하는 것이므로 동일하다는 것이다. 양치기도 소망하면 꿈속에서 왕이 될 수 있는 것이다.

○方軌八達之路

覆盆水于地, 芥浮于水, 蟻浮于芥, 茫然不知所濟. 少焉, 水涸, 蟻卽徑去. 見其類, 出涕曰: "幾不復與子相見!"

豈知俯仰之間, 有方軌八達之路乎? 念此可以一笑.

[註] 원부(元符) 원년(1098) 해남도 담주(海南島 儋州)에 유배되었을 때 지은 것이다. <시필자서(試筆自書)>에 초록된 것이다.

方軌八達之路(방궤팔달지로): 두 수레가 나란히 갈 수 있는 사통팔달의 도로.

方軌(방궤): 두 수레가 나란히 감.

芥(개): 작은 풀. 개주(芥舟)는 작은 배를 비유한다.

少焉(소언): 잠시.

涸(학): 물이 마름.

徑(경): 곧바로

俯仰之間(부앙지간): 순식간에. 俯仰은 머리를 숙였다가 드는 것.

□ 번역

方軌八達之路 — 두 수레가 나란히 가는 사통팔달의 도로

동이에 있는 물을 땅에 기울여 엎자, 작은 풀이 물 위에 뜨면 개미는 작은 풀 위에 타고 떠다니며 멍하니 어떻게 건너야 할지를 몰랐다. 얼마 후 물이 마르자 개미는 곧 가버렸다. 자기 동료를 만나자 눈물을 흘리며 말하기를, "하마터면 다시는 너희들을 못 만날 뻔했다고!" 하였다.

어찌 순식간에 두 수레가 나란히 지나다닐 수 있는 사통팔달의 도로가 있을 줄을 알았겠는가? 이런 생각에 미치자 한번 웃지 않을 수 없었다.

❑ 해제

소동파는 <시필자서(試筆自書)>에서 이렇게 말했다. "내가 처음 남해에 이르렀을 때 사방을 둘러보니 하늘과 땅이 끝이 없어 처연하여 마음 상했다. '언제면 이 섬을 벗어날 수 있겠는가?' 나중에는 곰곰이 생각해 보았다. 하늘과 땅은 바다 가운데 있고, 구주(九州)는 큰 바다 가운데 있으며, 중국은 자그마한 바다 가운데에 있거늘, 생물치고 섬에 살지 않는 것이 어디 있으리오?(吾始至南海, 環視天水無際, 凄然傷之, 曰 : 何時得出此島耶? 已而思之, 天地在積水中, 九州在大瀛海中, 中國在少海中, 有生孰不在島者?)"

유배 온 것을 동이에 담긴 물을 엎은 것으로 표현하고, 자기는 작은 풀잎 위에 타고 떠다니는 개미 신세임을 한탄하고 있다. 그러나 고인 물에 갇힌 신세지만 사통팔달의 넓은 도로가 있다는 생각이 미치자 호탕한 생각이 들어 웃음이 나왔다. 해남도(海南島)에 유배되어 있지만 넓은 세계 가운데 존재하고 있다고 하였으니, 현실을 초탈한 그의 세계관을 느끼게 한다.

○處子再生

戊寅十月, 予在儋耳, 聞城西民處子病死, 兩日復生, 予與進士何旻往, 見其父, 問死生狀. 云: "初昏, 若有人引去至官府, 簾下有言'此誤追.' 庭下一吏言: '可且寄禁.' 又一吏云: '此無罪, 當放還.' 見獄在地窟中, 隧而出入. 繫者皆儋人, 僧居十六七. 有一嫗, 身皆黃毛, 如驢馬, 械而坐. 處子識之, 蓋儋僧之室也. 曰: '吾坐用檀越錢物, 已三易毛矣.' 又一僧, 亦處子隣里, 死二年矣. 其家方大祥, 有人持盤飧及錢數千, 云: '付某僧.' 僧得錢, 分數百遺門者, 乃持飯入門去. 繫者皆爭取其飯, 僧所食無幾. 又一僧至, 見者擎跽作禮. 僧曰: '此女可差人送還.' 送者以手擘墻壁, 使過, 復見一河, 有舟, 便登之. 送者以手推舟, 舟躍, 處子驚而寤."

是僧豈所謂地藏菩薩耶? 書之以爲世戒.

[註] 《소식문집(蘇軾文集) 권72》〈처자재생(處子再生) 1·잡기이사(雜記異事) 5〉에 있다. 원부(元符) 원년(1098) 10월에 지었다. 《동파지림(東坡志林)》에는 11월로 되어 있다.

處子(처자): 처녀.

儋耳(담이): 군명(郡名). 한대(漢代) BC 110년에 설치했는데 치소는 지금의 해남도(海南島) 담주(儋州) 서북이었다. 동파가 만년에 유배되었던 곳이다.

何旼(하민): 담주 사람. 어떤 책에는 일사(逸士)로 되어 있다. 동파가 담이에 적거할 때 그곳에 진사에 급제한 사람이 없었으므로 전사(傳寫)의 잘못으로 여겨진다.

寄禁(기금): 감옥에 부치다.

繫者(계자): 구류된 사람.

嫗(구): 노파.

械而坐(계이좌): 차꼬를 차고앉음.

檀越(단월): 보시를 하는 사람. 시주(施主).

盤飱(반손): 제사에 올린 그릇 속의 식품. 飱은 저녁밥.

遺(유): 보내주다.

門者(문자): 지옥 문지기.

擎跽(경기): 두 무릎을 구부렸다가 합장하여 일어남. 擎은 들다. 跽는 두 무릎을 구부리다.

擘(벽): 가르다. 찌르다.

地藏菩薩(지장보살): 불교에서 존숭하는 대승보살의 하나. 석가불이 입멸한 후부터 미륵불이 출세할 때까지 부처 없는 세계에 머물러 있으면서 육도(六道) 중생을 교화한다는 보살.

□ 번역

處子再生 — 다시 살아난 처녀

1098년(무인) 10월, 내가 담이(儋耳)에 있을 때 성(城) 서쪽의 백성인 처녀가 병들어 죽었는데 이틀 만에 다시 살아났다고 들었다. 나는 진사 하민(何旼)과 같이 가서 그녀의 아버지를 만나 그녀가 죽었다가 살아온 정황을 물었다. 그가 말하였다. "초저녁에 어떤 사람이 그녀를 이끌고 관부(官府)에 도착한 듯한데, 장막 아래서 어떤 사람이 말하였습니다. '이건 잘못 잡아들였군.' 대청 아래 한 관리가 말하기를, '잠시 감방에 구류시켜야겠군.'하고, 다른 한 관리가 말하기를 '이 사람은 무죄이니, 마땅히 놔줘서 돌려보내야 해.' 하였습니다. 옥을 보니 땅굴 속에 있는데 지하도로 드나들었습니다. 구속된 사람들이 모두 담이(儋耳) 사람들인데, 승려들이 10에 6, 7이었습니다. 어떤 한 노파는 몸에 모두 누런 털이 나 있어 마치 당나귀 같은데 차꼬를 차고앉았습니다. 처녀가 알기로는 아마 담이 승려의 부인일 거라고 합니다. 노파가 말하기를, '나는 시주 돈과 물건을 쓴 죄에 연좌되어 이미 세 번이나 털이 바뀌었소.' 하였습니다.

또 한 승려도 역시 처녀의 이웃사람으로 죽은 지 2년이 되었습니다. 자기 집이 마침 대상(大祥)인데 어떤 사람이 쟁반의 음식과 돈 수천 전을 가지고 와서 말하기를, '아무 승려에게 주십시오.' 하였습니다. 승려가 돈을 받고는 수백 전을 지옥 문지기에게 나눠주고 이어 밥을 가지고 문으로 들어왔습니다. 구속된 사람들이 모두 그 밥을 다투어 가져버리니, 승려는 먹을 것이 거의 없었습니다.

또 다른 한 승려가 이르렀는데, 보는 사람들이 높이 합장하여 무릎을 굽혀 예를 하였습니다. 승려가 말하기를, '이 여자는 차사를 시켜 돌려보내도록 하라.' 하였습니다. 호송하는 이가 손으로 담장 벽을 갈라 그녀를 지나가도록 하니, 다시 한 강이 보여 어떤 배에 곧 올랐습니다. 호송하는 이가 손으로 배를 밀어내니, 배가 출렁거리자 처녀가 놀라 깨어난 것입니다."

이 승려가 설마 소위 지장보살이겠는가? 이에 이 일을 기록하여 세상 사람들의 경계로 삼는다.

❑ 해제

이 우언은 민간설화로 권선징악의 뜻을 품고 있다. 남의 재물을 탐낸 사람은 지옥에서 징벌을 받고, 생전에 과실이 없는 사람이 저승에 가게 되면 돌려보내고 있다. 저승에도 뇌물이 성행하고 승려들의 비행이 드러나고 있지만, 선량한 백성에게는 지장보살이 시비곡직을 가려 상벌을 분명히 함을 보여주고 있다.

세상을 경계하려고 지은 글이다.

○群虱處褌中

獨不見夫群虱之處褌中乎？ 逃乎深縫, 匿乎敗絮, 自以爲吉宅也. 行不敢離縫際, 動不敢出褌襠, 自以爲得繩墨也. 然炎丘火流, 焦邑滅都, 群虱處于褌中, 不能出也.

君子之處域內, 何異夫虱之處褌中乎？

[註] 소동파의 사론(史論) <완적(阮籍)> 중에 보이는데, 고사(故事)의 원전은 완적의 <대인선생전(大人先生傳)> 《진서(晉書)·완적전(阮籍傳)》 인용에 나온 것을 소식이 대략 가공하여 원부 원년(1098) 겨울에 지은 것이다.

群虱處褌中(군슬처곤중): 한 무리의 이가 바지 속에 살다.

虱(슬): 이.

褌(곤): 가랑이가 있는 바지.

敗絮(패서): 헌 솜.

吉宅(길택): 길하고 평안한 집.

褌襠(곤당): 바짓가랑이.

繩墨(승묵): 먹줄. 비유하여 법도(法度).

炎丘火流(염구화류): 타오르는 언덕에 불이 번져감.

焦邑滅都(초읍멸도): 읍과 도회를 그슬려 없앰.

域內(역내): 온 세계. 나라 안.

群虱處褌中 — 바지 속의 이

다만 한 무리의 이가 바지 속에 살고 있는 것을 보지 못했는가? 깊은 솔기에 도피하여 헌 솜에 숨어서는 스스로 편안한 집에 있다고 여긴다. 다녀도 감히 솔기 가를 떠나지 않으며, 움직인다 해도 감히 바짓가랑이를 벗어나지 않으면서, 스스로 법도를 얻었다고 여긴다. 그러나 타오르는 언덕에서 불이 번져가며 읍과 도회를 그슬려 없앤다면, 한 무리의 이들은 바짓가랑이 속에 박혀 있으면서 벗어날 수가 없을 것이다.

군자(君子)가 나라 안에 처하는 것이 이가 바지 속에 머문 것과 무엇이 다르겠는가?

□ 해제

이 우언은 진(晉)나라 완적(阮籍)의 <대인선생전(大人先生傳)> 중의 고사를 소동파가 가공한 것이다. 군자라 자칭하는 사람이 구차하게 세상에 안주하는 것이 바지 솔기에 박혀 사는 이와 무엇이 다르겠냐고 비유하였다.

스스로 법도를 지킨다고 자부한다 해도 혼탁한 불길이 뻗치면 희생될 수밖에 없다는 자조 섞인 우언이라고 볼 수 있다. 그러나 한편으로는 속세를 간파하여 초탈한 입장에서 사물을 관찰하는 사고가 내포되어 있다고 하겠다.

○ 蜩與鷄

子亦見夫蜩與鷄乎? 夫蜩登木而號, 不知止也. 夫鷄
俯首而啄, 不知仰也. 其固也如此, 然至蛻與伏也, 則無
視無聽, 無飢無渴, 黙化于荒忽之中, 候伺于毫髮之間,
雖聖智不及也. 是豈技與習之助乎?

[註] <중묘당기(衆妙堂記)>에서 뽑은 것으로 원부 원년(1098) 3월 15일
해남도에 적거할 때 지었다.

蜩(조): 매미.

亦(역): 또한. 이미.

固(고): 견문이 없고 고집이 셈.

蛻(태): 매미가 허물을 벗음.

伏(부): 알을 품음.

黙化(묵화): 조용히 변화함.

荒忽(황홀): 멍한 모양. 황홀(恍惚)과 같다.

☐ 번역

蜩與鷄 — 매미와 닭

그대는 일찍이 매미와 닭을 보았는가? 매미는 나무에 올라
가 울면서 그칠 줄을 모른다. 닭은 머리를 수그리고 먹을 것
을 쪼기만 하며 올려다 볼 줄을 모른다. 그들의 고루함이란

이와 같다. 그러나 매미가 허물을 벗고 닭이 알을 품기에 이르면, 아무것도 보거나 들으려고 않고 아무런 배고픔이나 갈증도 없이 정신이 없는 멍한 가운데 침묵의 상태를 유지하며 잠시라도 살피기만 하는 것은, 비록 성인(聖人)이나 지자(智者)라 할지라도 그들에 미치지 못할 것이다. 이것이 어찌 기술과 학습의 도움으로 된 것이겠는가?

❑ 해제

소동파가 해남도 적거지에서 어릴 때 고향 미산(眉山)에서 도사 장이간(張易簡)에게 배우던 꿈을 꾸었는데, 마당에서 물 뿌리고 풀 베는 두 사람이 손놀림과 발놀림이 재빨랐다. 이들은 장자(莊子)의 <포정해우(庖丁解牛-도살꾼이 칼로 소를 잡는 기술을 말한 이야기)>나 <장석운근(匠石運斤-장석이 영인郢人의 코에 바른 백토를 도끼바람으로 긁어낸 이야기)>에 나오는 뛰어난 기술자가 아니겠으며, 기술과 도(道), 학습과 공(空)이 어우러진 것이라고 말하며 이 우언을 기록하였다.

"현묘하고 현묘하여 모든 삼라만상의 오묘한 문이다.(玄之又玄, 衆妙之門.)"라는 노자의 《도덕경(道德經)》을 제시했는데 이 우언은 후천적인 것보다 선천적인 것에 초점을 두고 있다.

○ 二措大言志

有二措大相與言志.
一云: "我平生不足, 惟飯與睡耳. 他日得志, 當飽吃飯, 飯了便睡, 睡了又吃."
二云: "我則異于是. 當吃了又吃, 何暇復睡耶!"

[註]《동파지림(東坡志林) 권1》에 보인다. 제목이 <조대흘반(措大吃飯)>으로 되어 있다. 지은 때는 알 수 없다.
措大(조대): 뜻을 이루지 못한 가난한 선비. 또한 초대(醋大)라고도 하는데 옛날 가난한 독서인에 대하여 멸시하는 호칭이다.

□ 번역

二措大言志 ― 두 선비의 포부

어떤 곤궁한 두 선비가 더불어 자기의 뜻을 이야기하였다.
한 사람이 말하기를, "내가 평생 부족한 것은, 오직 밥 먹는 것과 잠자는 것뿐이네. 훗날 뜻을 이루면 마땅히 배불리 밥을 먹고, 밥을 먹고 편안히 잠을 자고, 잠을 자고 나면 또 먹을 거야." 하였다.
다른 사람이 말하였다. "나는 이와는 다르네. 마땅히 먹고 나면 또 먹어야지, 어느 겨를에 또 잠을 잔다는 건가."

❑ 해제

  소동파가 여산(廬山)에 갔을 때, 마도사(馬道士)가 잠자기를 즐기며 잠자는 중에 오묘한 도리를 얻는다는 소문을 들었다. 그래서 관찰했더니 끝내 이 우언에 나오는 선비들이 밥 먹는데 빠져드는 삼매(三昧)의 경지에 이른 것만도 못하였다.

  당시 사회현상이 도사(道士)는 높은 철리도 없고, 서생(書生)은 가난하여 밥 먹기에 바빠 큰 뜻을 펴지 못하고 있다고 풍자하고 있다.

○ 甕算

有一貧士, 家惟一甕, 夜則守之以寢.

一夕, 心自惟念; 苟得富貴, 當以錢若干, 營田宅, 蓄聲妓, 而高車大蓋, 無不備置.

往來于懷, 不覺歡適起舞, 遂踏破甕.

[註] 《동파시주(東坡詩注)》에 나오는데, 남송(南宋)의 문학가 시원지(施元之)의 《시주소시(施注蘇詩)》에 보인다.

自(자): 변함없이.

惟念(유념): 생각하다.

苟(구): 가령. 진실로. 구차하게.

聲妓(성기): 고대 귀족관료의 집에서 기르는 가무(歌舞)하는 여인.

大蓋(대개): 고대 마차 위에 펴는 우산 모양의 수레 덮개. 비나 햇빛을 가리는 데 썼다.

□ 번역

甕算 ─ 옹기만 가진 자의 계산

어떤 한 가난한 선비가 집 재산이라고는 오직 옹기 하나뿐이어서 밤에도 지키면서 잠을 잤다.

하루 저녁은 마음속으로 생각하기를, '만약 부귀를 얻게 되면, 나는 당장 돈 얼마를 써서 논밭과 집을 마련하고, 가무(歌

舞)하는 여인을 두고, 높은 수레에 큰 일산을 치고는, 갖추지 않은 게 없이 해야지.'라고 하였다.

생각에 잠겨 왔다 갔다 하더니, 자기도 모르게 즐겁고 흐뭇하여 몸을 일으켜 춤을 추다가, 드디어 옹기를 밟아 부수고 말았다.

□ 해제

《동파시주(東坡詩注)》에 "속담에 망령된 상상 하는 것을 '옹산(甕算)'한다."라고 하였다.

선비가 아무런 노력도 하지 않으면서 허황된 망상이나 하면서 부귀영화를 바라는 태도를 비판하고 있다.

○野人得鹿

野人得鹿, 正爾煮食之耳, 其後賣與市人, 遂入公庖
中, 饌之百方. 然鹿之所以美, 未有絲毫加于煮食時也.

[註] 《동파지림(東坡志林) 권2》 <원굉논불설(袁宏論佛說)>에서 뽑은 것
이다. 지은 때는 확실치 않다. 원굉(袁宏, 328-376년)은 동진(東晉)시
대 사람. 자는 언백(彦伯)으로 《후한기(後漢記)》 20권을 지었다.

野人(야인): 들에서 농사짓는 사람.

正(정): 바로, 막.

爾(이): 그, 너.

庖(포): 부엌, 주방.

饌(찬): 음식을 벌여놓다.

絲毫(사호): 아주 조금.

☐ 번역

野人得鹿 ― 농부가 잡은 사슴

농부가 사슴을 사로잡으면 바로 그것을 삶아먹을 뿐이었다.
그 후에 시장의 상인에게 팔았더니 드디어 관아의 주방 안에
들어가서 여러 가지 음식으로 만들어졌다. 그렇지만 사슴은 맛
이 좋은 것은 삶아먹을 때보다 조금도 더 나은 것이 없었다.

❑ 해제

원굉(袁宏)의 《한기(漢紀)》에 '불(佛: 부처)이라는 것은 각(覺: 깨달음)인데, 장차 중생을 깨닫게 하려 하기 때문에 그 가르침은 착하고 자비로운 마음을 닦는 것을 주로하며 살생을 하지 않고 오로지 청정(清淨)에 힘쓴다. 사람이 죽으면 정신은 불멸하여 다시 형체를 받는데 살아있을 때의 선악에 따라 모두 응보가 있게 된다. 그러므로 착한 도리를 닦고 행하며 정신을 단련하는 것을 귀히 여겨 무생(無生: 만물의 실체는 생生도 없고 멸滅도 없음)에 이르면 부처가 된다.'고 기록하였다.

동파는 그 글을 읽고 이 우언을 지은 것이다. 원굉이 살아간 당시 중국은 불교가 들어와 언어가 비록 얕은 수준이었지만 그 대략을 충분히 이해할 수 있게 갖추어져 있었다. 그런데 그것을 우언처럼 사람들이 사슴의 맛을 모르듯 불교의 맛을 모르고 있다고 표현하고 있다. 동파가 불교에도 심취했음을 알 수 있다.

○ 誦經帖

東坡食肉誦經, 或云: "不可誦." 坡取水漱口.
或云: "一盌水如何漱得?" 坡云: "慚愧, 闍黎會得."

[註] 명(明) 조개미간본(趙開美刊本) 《동파지림(東坡志林) 권2·불교(佛
敎)》에 보이는데 지은 때는 알 수 없다.
誦(송): 낭독하다.
經帖(경첩): 불경 책.
或(혹): 어떤 사람.
盌(완): 사발.
闍黎(사려): 범어 '아사리(阿闍梨: acarya)'. 제자의 모범이 되어 지도할
   수 있는 승려. 고승(高僧)의 뜻.
會得(회득): 깨달아 이해함.

□ 번역

誦經帖 — 불경을 염불하다

소동파가 고기를 먹고 불경을 염불하고 있는데, 어떤 사람
이 그에게 말했다. "불경을 염불해서는 안 됩니다." 동파는 물
을 가져다 입을 씻어냈다.

또 그 사람이 말했다. "한 사발의 물로 어떻게 씻어낼 수
있겠습니까?" 동파가 말했다. "부끄럽소. 그러나 고승(高僧)께
서는 이해해 주시겠지요."

❑ 해제

동파가 고기를 먹고 독경을 한 것에 대해 핀잔하는 사람에게 부끄럽다고 실토하고 고승은 이해해 주리라고 말한다. 고승이 붓다의 식육(食肉)에 대한 견해로 이해해 줄 것이라는 건지, 고승도 식육을 하니 이해해 줄 것이라는 건지 뉘앙스를 알 수 없다.

불교에서 식육은 초기 경전에서 허용되었다. 계율면에서 현재 보수적인 소승불교권 즉 스리랑카, 미얀마, 태국, 캄보디아, 라오스 등의 남방불교에서는 식육이 허용되고, 한문 불교문화권인 대승불교권 즉 중국, 대만, 홍콩, 한국, 일본 등은 식육이 엄격히 금지되고 있다.

사실 동파 자신은 불교나 도교에 깊은 통찰을 갖고 비판을 가한 글들이 있을 정도지만, 음식은 육체를 유지하기 위한 물질이므로 마음과 행동이 그릇되지 않으면 청정(淸淨)과 무위(無爲)에 상관없는 것으로 인식하였다. 그것은 붓다의 사상과 같다고 할 수 있다. 식육 문제는 붓다 당시에도 제자들과 토론이 있었음이 경전에 나와 있다.

이 우언은 동파가 그러한 소신을 적은 것이라 볼 수도 있다.

○僧自欺

僧謂酒, "般若湯", 謂魚 "水梭花", 謂鷄 "鑽籬菜", 竟無所益, 但自欺而已. 世常笑之. 然人有爲不義, 而文之以美名者. 與此何異哉.

俗士自患食肉, 欲結卜齋社. 長老聞之, 欣然曰: "老僧願與一名."

[註] 명(明) 조개미간본(趙開美刊本) 《동파지림(東坡志林) 권2·도석(道釋)》에는 <승문훈식명(僧文葷食名)>으로 되어 있다. 지은 때는 자세하지 않다. [**참조**: 俗士自患食肉… 이하 문구는 다른 《동파지림》에는 수록되지 않고 주정화(朱靖華) 교수 저 《소동파우언대전전석(蘇東坡寓言大全詮釋)》에 보인다.]

般若湯(반야탕): 승려가 술을 일컫는 은어. 般若(반야)는 범어 'prajna'로 '지혜'의 뜻이다.

水梭花(수사화): 승려가 물고기를 일컫는 은어. 고기가 베틀의 북을 닮아 붙은 이름.

鑽籬菜(찬리채): 승려가 닭을 일컫는 은어. 닭이 울타리를 뚫고 들락날락하기 때문에 붙은 이름.

文(문): 수식.

結卜(결복): 조직을 결성함.

齋社(재사): 자기를 위하여 살생한 고기, 타인을 시켜 살생한 고기, 의심스러운 고기를 먹는 것을 금하나, 그 외에 깨끗한 고기를 먹는 것을 금하지 않는 불교의 군중조직.

齋(재): 비구(比丘)는 오후에 식사를 불허한다. 소승계율(小乘戒律)에서는 탁발에서 깨끗한 고기는 금하지 않으나, 오후 육식은 금한다.

社(사): 일반인의 집회단체.

❏ 번역

僧自欺 ─ 승이 자기 자신을 속임

승려들은 술을 '반야탕(般若湯)'이라 하고, 물고기를 '수사화(水梭花)'라 하며, 닭을 '찬리채(鑽籬菜)'라고 부르지만, 끝내는 이로울 게 없고 다만 자기기만일 뿐이다. 세상 사람들은 항상 그들을 비웃곤 한다. 그런데 사람들은 의롭지 못한 일을 하였음에도 그럴듯한 이름으로 수식하는데, 이것과 무엇이 다르겠는가.

속된 선비들은 고기 먹는 것을 해롭다고 하면서도, 재사(齋社: 고기를 먹는 불교 대중조직)를 결성하고 싶어 했다. 장로(長老)가 그 말을 듣고 기쁜 듯이 말했다. "노승(老僧)도 한 이름 끼고 싶습니다."

❏ 해제

이 우언은 자신을 속이는 승려들을 강하게 비판하고 있다. 승려가 입으로는 불경을 외고 다시 그 입으로 계율을 어기며 고기 같은 것을 먹으면서 그것을 감추려고 은어를 사용하니, 이는 자신을 속이는 일이다. 속된 사람들의 육식단체에 기꺼이 한데 어울리겠다니, 불계와 속세가 어찌 닮아 있다고 하지 않겠는가.

○記先夫人不殘鳥雀

少時所居書堂前, 有竹柏雜花, 叢生滿庭, 衆鳥巢其
上. 武陽君惡殺生, 兒童婢僕, 皆不得捕取鳥雀. 數年
間, 皆巢于低枝, 其鷇可俯而窺. 又有桐花風, 四五日翔
集其間. 此鳥羽毛, 至爲珍異難見. 而能馴擾, 殊不畏
人. 閭里間見之, 以爲異事. 此無他, 不忮之誠信于異
類也.

有野老言: "鳥雀巢去人太遠, 則其子有蛇, 鼠, 狐狸,
鴟鳶之憂, 人旣不殺, 則自近人者, 欲免此患也."

由是觀之, 異時鳥雀巢不敢近人者, 以人爲甚于蛇鼠
之類也. 苛政猛于虎, 信哉!

[註] 《소식문집(蘇軾文集) 권73·잡기(雜記)》에 수록되어 있다.
先夫人(선부인): 소동파의 어머니 정씨(程氏). 글을 알고 이치에 통달하고
　재덕이 있다하여 황제로부터 무양군(武陽君)으로 봉해졌다.
鷇(구): 어미 새가 먹여주는 어린 새.
桐花風(동화풍): 새 이름. 3월 오동나무 꽃이 필 때 모여들므로 이러한 이
　름을 얻었다.
馴擾(순요): 길들임.
鴟鳶(치연): 솔개.
苛政猛于虎(가정맹우호): 《예기·단궁하(禮記·檀弓下)》에 나온다. 공자가
　태산(泰山) 곁을 지나는데 어떤 부인이 묘에서 곡을 하는데 구슬펐다.

공자가 마차에서 듣다가 자로(子路)를 시켜 묻기를, "당신이 곡을 하는데, 무슨 큰 근심이 있는 것 같소."하니 말하기를, "그렇소. 예전에 내 시아버지도 호랑이에게 죽었는데, 내 남편이 또 죽었소." 하였다. 공자가 말하기를, "무슨 까닭에 떠나지를 않소?"하니 대답하기를, "가혹한 정치가 없으니까요."하고 부인이 말하였다. 공자가 말하기를, "어린아이라도 알겠구나. 가혹한 정치가 호랑이보다 무서운 줄을!"이라고 하였다.

▢ 번역

記先夫人不殘鳥雀 — 참새를 해치지 않았던 어머니

내가 어렸을 때 살던 곳 서실 앞에는 대나무, 측백나무며 여러 가지 꽃나무들이 무더기로 자라나 마당에 가득하여, 뭇 새들이 그 위에 둥지를 틀었다. 나의 모친 무양군(武陽君)이 살생을 싫어하므로 아이들과 종들이 모두 참새를 잡을 수 없었다. 여러 해 사이에 새들은 모두 낮은 가지에도 둥지를 틀게 되어, 그 어린 새끼들을 굽어보고 엿볼 수도 있었다. 또 동화풍 새도 있어 4, 5일을 그곳에 날아 모여들었다. 이 새의 깃털은 아주 진기해서 보기 힘든 것이다. 그러나 길들여져서인지 전혀 사람들을 두려워하지 않았다. 마을에서는 그런 것을 보고 특이한 일이라고 여겼다. 이것은 다른 까닭이 있어서가 아니라 우리가 새를 해치지 않으려는 정성이 그들에게 믿음을 준 결과이다.

마을의 어떤 노인이 말하였다. "참새 둥지가 사람과 떨어져서 아주 멀리 있으면, 자기 새끼가 뱀, 쥐, 여우나 삵, 솔개에게 피해를 입을 걱정이 있다. 사람들이 해치지 않는 한, 새가 스스로 사람에게 가까이하려는 것은 이런 걱정을 면하려고 하는 것이네."

　이런 것으로 보면, 종전에 참새가 둥지를 감히 사람이 두려워 가까이하지 못했던 것은, 그 새들이 사람들을 뱀이나 쥐 따위보다 더 두려워했기 때문이다. 가혹한 정치가 호랑이보다 무섭다는 것은 사실이로다.

❏ 해제

　소동파는 7세 때 서당에 가기 전에 모친 정씨(程氏)에게 훈육을 받았고, 젊어서 고향 미산(眉山)을 떠나 관직과 유배로 전국을 떠돌아다녔다. 항상 고향과 모친에 대한 그리움이 깊었는데, 이 우언에는 모친에 대한 그리움과 고향 사람들, 노인이 등장한다. 모친이 살생을 못하게 하여 참새들이 가까이 둥지 트는 것을 보면서, 사람이 동물을 해치지 않으면 새들은 사람을 믿고 의지한다고 하였다. 그러면서 백성을 해치는 정치가 호랑이보다 더 두렵다고 설파한다.

　동파가 항상 고향을 생각하며 애민관(愛民官)으로서 치적을 쌓았고, 모친의 훈육에 영향을 받은 일면을 엿보게 하는 우언이다.

○禄有重輕

　王壯元未第時, 醉墮汴河, 爲水神扶出, 曰:"公有三
百千料錢, 若死于此, 何處消破?"明年遂登第.
　士有久不第子, 亦效之, 陽醉落河, 河神亦扶出, 士大
喜曰:"吾料錢幾何?"神曰:"吾不知也. 但三百瓮黃虀,
無處消破耳."

[註]《소식문집(蘇軾文集) 권73·잡기(雜記)》에 수록되어 있다. 지은 때는
　알 수 없다.
墮(타): 떨어지다.
料錢(요전): 당(唐), 송(宋) 때 조정에서 관리에게 주던 봉록 이외의 진첩
　(津貼:수당). 당초(唐初)에는 관(官)은 30등으로 나눠지고, 급(級)은 18
　급으로 나눠졌다.
消破(소파): 없애버리다.
陽醉(양취): 거짓 취하다. 陽은 '佯(양: …체 하다)'과 통한다.
黃虀(황제): 잘게 부순 누린 냄새 나는 고명다짐.

☐ **번역**

禄有重輕 ― 녹봉에는 경중이 있다

　왕장원(王壯元)이 아직 급제를 못했을 때에 술에 취하여 변
하(汴河)에 떨어졌는데, 수신(水神)에게 부축되어 나왔다. 그에

게 말하기를, "공(公)의 명(命)에는 3백천의 수당이 있겠는데, 만약 여기서 죽으면 어느 곳에 써서 없애 버리렵니까?"하였다. 이듬해 드디어 장원급제를 하였다.

선비로 오랫동안 급제를 못한 사람이 역시 그 일을 본받으려고 거짓 취한 체하여 변하에 떨어졌는데, 하신(河神)이 역시 부축하여 나왔다. 선비는 크게 기뻐하며 말하였다. "제 수당은 얼마이겠습니까?" 하신이 말하기를, "나는 모르오. 가까스로 3백 동이 누린 냄새 나는 고명이라서 써서 없앨 곳이 없을 뿐이오."라고 하였다.

❑ 해제

하신(河神)이 구한 두 선비를 비교해보면 이 우언의 의도를 알 수 있다.

한 선비는 술에 취해 실수로 변하에 떨어졌는데, 하신은 그에게 장원급제할 운명으로 후한 녹을 받으리라는 것을 알려준다.

다른 선비는 거짓 취한 체하여 변하에 떨어졌는데 녹이 얼마나 되겠는지 묻자 잘 모르지만 3백 동이나 되는 썩은 고명쯤이라 버릴 곳이 없을 정도라고 하였다. 실수로 떨어진 것과 거짓으로 떨어진 것, 운명을 알려준 것과 모르겠다는 것, 두 가지가 그 차이점이다.

선의의 선비는 후한 녹을 받게 되고, 거짓 가장한 선비는 냄새 나는 찌꺼기를 받을 수 있다는 것이 하신의 예고이다.

○ 幸靈守稻

有幸靈者, 父母使守稻, 牛食之, 靈見而不驅. 牛去,
乃理其殘亂者. 父母怒之.

靈曰: "物各欲食. 牛方食, 奈何驅之?"

父母愈怒, 曰: "卽如此, 何用理亂者爲?"

靈曰: "此稻又欲得生."

此言有理, 靈固有道者耶?

[註] 《동파지림(東坡志林) 권2·서이약지사(書李若之事)》에 있다. 지은
때는 알 수 없다. 고사(故事)는 원래 진대(晉代) 사람이 지은 《방기전
(方技傳)》에 나온다.

幸靈(행령): 인명. 예장(豫章), 건창(建昌: 지금의 강서성 남창南昌) 사람.
《진서(晉書) 권95》에 그의 사적이 기재되어 있다. 실제로는 《방기전》이
아니라 《예술전(藝術傳)》에 나온다.(역자 주)

□ 번역

幸靈守稻 — 행령이 벼를 지키다

행령(幸靈)이라는 사람이 있었는데, 그에게 부모가 벼를 지
키게 하였는데 소가 벼를 먹는데도 행령은 보면서도 몰아내지
를 않았다. 소가 가버리자 겨우 그 남아 흐트러진 벼를 정리
하였다. 부모는 화를 내었다.

행령이 말하였다. "동물은 각기 먹으려고 합니다. 소가 한참 먹고 있는데, 어떻게 몰아냅니까?"

부모는 더욱 화가 나서 말하기를, "바로 이와 같다면 무슨 까닭에 어지럽힌 것을 정리해 놓았느냐?"라고 하였다.

행령이 말하였다. "이 벼도 또한 살아야 하니까요."

그의 이 말에 일리가 있으니, 행령은 참으로 도(道)를 행하는 사람이던가?

❑ 해제

이 우언은 《진서(晉書)·방기전(方技傳)》에 나온 부분을 소동파가 인용하고 있다.

행령(幸靈)은 걷지 못하는 여의(呂猗)의 어머니를 부축하여 걷게 하다가 그의 기(氣)를 받아 스스로 걷게 되니, 그는 기를 남에게 줄 수 있는 도(道)를 행하는 사람이다.

또 변경(汴京: 지금의 개봉開封)에 이약지(李若之)라는 도인(道人)이 기(氣)를 편다고 하여 어려서부터 몸이 약한 동파의 둘째 아들 태(迨)에게 배에 기를 전해줬더니 뱃속이 따뜻하였다고 이 우언 끝에 기록하고 있다. 이약지는 중국 오악(五嶽)의 하나인 화악(華嶽) 아래의 이인(異人)에게서 도를 얻었다고 한다.

동파는 이약지라는 도인을 설명하려고 행령을 우언에 등장시켰다.

○ 海屋添籌

　嘗有三老人相遇, 或問之年.
　一人曰: "吾年不可記, 但憶少年時與盤古有舊."
　一人曰: "海水變桑田時, 吾輒下一籌, 爾來吾籌已滿
十間屋."
　一人曰: "吾所食蟠桃, 棄其核于崑崙山下, 今已與崑
崙齊矣!"
　以余觀之, 三子者與蜉蝣·朝菌何以異哉!

[註] 《동파지림(東坡志林) 권2·3 노어(老語)》에 있다. 《동파문집(東坡文
　　集) 권73》에는 <삼노인론년(三老人論年)>으로 되어 있다. 지은 때는
　　알 수 없다.
海屋添籌(해옥첨주): 큰 바다에 있는 집에 산(算)가지를 더하다. 신선이
　　산다는 해옥(海屋)은 선학(仙鶴)이 매년 한 개씩 물고 온 산가지로 지었
　　다는 전설이 있다.
或(혹): 어떤 사람.
或問之年(혹문지년): 어떤 사람이 세 노인의 나이를 묻다.
盤古(반고): 고대 신화상의 임금. 천지개벽 시초에 이 세상을 다스렸다고
　　한다.
舊(구): 친분.
輒(첩): 그때마다, 매양
蟠桃(반도): 고대 신화 속의 선도(仙桃) 이름으로 3천 년에 한 번 열매를
　　맺는다.

崑崙山(곤륜산): 서로는 파미르 고원의 동부에서 일어나 신강, 서장을 가로질러 동으로 이어져 청해로 들어가는 산맥으로, 길이 2천5백km이고 해발 6천m로 산세가 기복(起伏)하며 높고 험준하다. 고대 신화 속의 선산(仙山).

蜉蝣(부유): 곤충 이름. 하루살이.

朝菌(조균): 아침에 피었다가 저녁에 스러지는 균류 식물. 아침에 태어나 저녁에 죽는 곤충으로도 불린다.

□ 번역

海屋添籌 ― 바다에 있는 집에 산가지를 더하다

일찍이 세 노인이 있어 서로 만나고 있는데, 어떤 사람이 그들에게 나이를 물었다.

한 사람은 말하기를, "내 나이는 기억할 수 없소. 다만 기억나는 것은 젊었을 때에 반고(盤古)와 친분이 있었소."라고 하였다.

또 한 사람이 말하였다. "바다가 뽕밭으로 변할 때에 나는 매양 산가지 하나씩을 내려놓았는데, 지금까지 내가 놔둔 산가지가 이미 열 칸 집에 가득하오."

또 한 사람은 말하기를, "내가 먹은 반도(蟠桃)에서 그 씨를 곤륜산 아래에 버려두었는데, 지금은 그 복숭아나무가 이미 곤륜산과 가지런하다오."라고 하였다.

내가 보건대, 세 사람은 하루살이나 아침에 났다가 저녁에 죽는 버섯과 무엇이 다르겠는가!

❑ 해제

　세 노인이 서로 장수한 것을 견주고 있는데, 유한한 수명을 아무리 과장한다 하더라도 우주의 광대함과 시간의 무한함은 알지 못한다. 사람이 생존하는 공간은 한 점에 지나지 않고 시간은 한순간에 지나지 않는다. 그러므로 세 노인의 장수는 하루만 살다가 죽는 하루살이나, 아침에 폈다가 저녁에 지는 버섯과 무엇이 다르냐고 소동파는 반문하고 있다.

○ 見錢不識

俗傳書生入官庫, 見錢不識, 或怪而問之, 生曰: "固
知其爲錢, 但怪其不在紙裹中耳."

[註] 이것은 고사(故事)인데《동파지림(東坡志林) 권3》<논빈사(論貧士)>
　　에서 뽑았다. 지은 때는 알 수 없다.
紙裹(지과): 지포(紙包). 종이포장.
耳(이): …일 뿐.

□ 번역

見錢不識 — 돈을 보고도 알지 못하다

　세간에 전해오는 말에 한 서생(書生)이 관가의 돈 창고에 들
어갔는데, (산더미 같은) 돈을 보고도 그게 뭔지 알아보지를
못하였다. 어떤 사람이 이상히 여겨 물어보았더니, 서생이 말
하기를, "본디 그것이 돈인 줄을 알지만, 다만 그것이 종이포
장 속에 있지 않아서 이상했을 뿐이오."라고 하였다.

□ 해제

　종이에 싼 적은 돈만 보았던 서생은 관고(官庫)에 쌓아놓은
산더미 같은 돈을 보고는 돈으로 인식하지 못하였다.

동파는 이 문장 뒤에 세 가지 예를 들었다.

― 내가 우연히 도연명의 <귀거래사>를 읽었는데 거기에 말하였다. '어린애들은 방에 가득한데 독에는 저장된 곡식이 없었다.'라고... 그래서 세간에 전해오는 말이 확실히 근거가 있음을 알았다. 독에 곡식이 있었다고 하더라도 역시 매우 적었을 테지만, 이 영감이 평생에 다만 독 속에서 곡식을 보기나 했을 것인가?(予偶讀淵明歸去來詞云 : '幼稚盈室, 瓶無儲粟.' 乃知俗傳信而有徵. 使瓶有儲粟, 亦甚微矣, 此翁平生只於瓶中見粟也耶?)

― <마후기(馬后紀)>에 '궁중의 여자들은 마황후가 입고 있던 거친 실로 짠 견직물을 보고서 도리어 진귀한 비단이라고 여겼다.'고 하였다.

― 진 혜제(晉 惠帝)가 굶주린 백성에게 물었다. "왜 고기죽을 먹으면 안 되는가?"

곰곰이 생각해보면 모두 일리가 있으니 애오라지 호사가를 위한 하나의 우스개이다.

주) 도잠(陶潛): 365-427년, 자(字)가 연명(淵明). 동한 심양 시상(尋陽 柴桑, 지금의 강서江西 구강九江 서남) 사람. 젊어서 박학하고 글을 잘 지었다. 집이 가난하여 주좨주(州祭酒)가 되었으나 관직을 견디지 못해 그만두고 몸소 농사를 지어 생활하였다. 후에 팽덕령(彭澤 令)이 된 지 80여일 만에 군(郡)에서 파견된 독우(督郵)가 속대(束帶)를 하고 만나라고 하자, 쌀 5말에 허리를 굽힐 수 없다 하고 관직을 버리고, <귀거래사(歸去來辭)>를 짓고 향리에 은거하였다.

마황후(馬皇后): 40-79년, 명덕황후(明德皇后). 동한(東漢) 부풍 무릉(扶風 茂陵, 지금의 섬서陝西 흥평興平 동북) 사람. 명제(明帝)황후로 마원(馬援)의 작은딸. 건무 28년(52)에 뽑혀 13세에 태자 유장

궁(劉莊宮)에 들어가 승음황후(承陰皇后)를 받들며 예의를 갖추어 총애를 받았다. 명제가 즉위하여 귀인(貴人)이 되었으나 자식이 없어 황자 유훤(劉烜, 후에 장제章帝)을 자식처럼 길렀다. 영평 3년(60)에 황후가 되었다. 《주역(周易)》등 학문에도 조예가 깊어 명제와 정사에 대해서 이야기를 나누고 성격이 겸손 공경하며 절약 검소하였다. 장제(章帝)가 즉위하자 황태후로 존칭되고 명덕의 시호가 내려졌다.

진 혜제(晉 惠帝): 259-306년, 사마충(司馬衷). 290-306년 재위, 무제(武帝)의 둘째아들로 어리석었다. 267년 황태자가 되고 290년 제위에 올랐다. 재위 중 가후(賈后)가 전권을 하며 팔왕(八王)의 난이 일어났고, 두 번이나 낙양으로 파천하였다. 일찍이 화림원(華林園)에서 개구리 울음소리가 들리자 "이 울음소리가 관(官)에서 내는 건가 사가에서 내는 건가." 하였다. 천하에 흉년이 들어 백성이 굶어 죽는데, "왜 고기죽을 먹으면 안 되는가."고 말하였다.

○ 梁賈說

梁民有賈于南者, 七年而後返. 茹杏實海藻, 呼吸山川之秀, 飲泉之香, 食土之潔, 泠泠風氣, 如在其左右, 朔易弦化, 磨去風瘤, 望之蟜蟜然, 蓋項領也.

倦游以歸, 顧視形影, 日有德色, 徜徉舊都, 躊躇顧乎四隣, 意都之人與隣之人, 十九莫己若也. 入其閨, 登其堂, 視其妻, 反驚以走: "是何怪也?" 妻勞之, 則曰: "何關于汝!" 饋之漿, 則憤不飲, 擧案而飼之, 則憤不食, 與之語, 則向墻而欷歔; 披巾櫛而視之, 則唾而不顧.

謂其妻曰: "若何足以當我? 亟去之!" 妻俔而怍, 仰而嘆曰: "聞之; 居富貴者不易糟糠, 有姬姜者不棄憔悴. 子以無癭歸, 我以有癭逐. 嗚呼, 癭邪! 非妾婦之罪也!" 妻竟出.

于是, 賈歸家三年, 鄉之人憎其行, 不與婚. 而土地風氣, 蒸變其毛脈, 啜菽飲水, 動搖其肌膚, 前之醜稍稍復故. 于是, 還其室, 敬相待如初. 君子謂是行也, 知賈之薄于禮義多矣.

居士曰: "貧易主, 貴易交, 不常其所守. 玆名敎之罪人, 而不知學術者, 蹈而不知恥也. 交戰乎利害之場, 而相勝于是非之境, 往往以忠臣爲敵國, 孝子爲格虜, 前後紛紜, 何獨梁賈哉!"

[註] 고사(故事)로《동파지림(東坡志林) 권3》에 보인다.《소식문집(蘇軾
　　文集) 권64·잡저(雜著)》에 실려 있다. 지은 때는 알 수 없다.
梁(양): 양주(梁州). 원래 섬서성 한중(漢中) 일대를 가리킨다. 송(宋)나라
　　의 수도 변경(汴京)은 고대 대량(大梁)의 소재지이다. 간혹 이곳을 가리
　　키기도 한다.
賈(가): 장사꾼.
茹(여): 먹다.
海藻(해조): 바다에서 나는 조류식물. 김, 다시마, 파래 등.
泠泠(영령): 마음이 맑고 깨끗한 모양.
弦(현): 음력 7, 8일의 달을 상현(上弦), 22, 23일의 달을 하현(下弦)이라
　　한다.
風瘤(풍류): 뺨 위에 난 뾰루지.
蝤蠐(유제): 굼벵이. 몸이 길고 희어서 여자의 목이 희고 아름다운 것에
　　인용된다.
蓋(개): 대개.
項領(항령): 목.
徜徉(상양): 배회함.
德色(덕색): 스스로 은덕을 베풀었다고 자랑하는 얼굴.
舊都(구도): 양(梁)나라 수도인 대량(大梁: 지금의 하남성河南省 개봉시
　　開封市).
莫己若(막기약): 자기의 모습과 같지 못하다.
閨(규): 내실.
勞(로): 위로하다.
饋(궤): 남에게 음식을 올림.
欷歔(희허): 탄식하는 소리.

巾櫛(건즐): 수건과 빗.

若(약): 너, 이인칭대명사.

當(당): 상당함.

亟(극): 급히.

俛(면): 굽어보다.

怍(작): 안색을 바꾸다. 부끄러워하다.

糟糠(조강): 지게미와 쌀겨. 여기서는 가난을 함께 지낸 아내를 가리킴.

姬姜(희강): 춘추시대에 희(姬)는 주(周)나라의 성(姓). 강(姜)은 제(齊)나라의 성. 姬姜은 대국의 여자의 대칭(代稱)인데, 여기서는 신분이 높은 여자를 칭하는 것으로 쓰였다.

癭(영): 혹.

毛脈(모맥): 모발과 기맥(氣脈).

啜菽(철숙): 콩을 먹다.

啜菽飮水(철숙음수): 생활이 청빈하여 콩을 먹고 물을 마시는 것을 말함.

居士(거사): 동파거사를 가리킴.

名教(명교): 바른 명분을 중시하는 예교(禮教). 유교(儒教).

蹈(도): 법규를 범하다.

格虜(격로): 억세고 순종하지 않는 종복.

紛紜(분운): 혼잡하고 어지러움.

□ 번역

梁賈說 ― 양주(梁州) 땅의 장사꾼

양주에 남방으로 장사하러 떠난 사람이 있었는데, 7년이 지난 후에 돌아왔다. (그는 남방에 있을 때) 은행 열매와 해조(海藻)를 먹고 빼어난 산천에서 호흡을 하고, 향기로운 샘물을 마시고 깨끗한 토산물을 먹어, 맑고 깨끗한 기풍이 그의 곁에 있는 듯하였다. 시일이 지나가자 얼굴에 뾰루지가 닳아 없어지고, 바라보면 굼벵이처럼 길고 하얀 것이 그의 목이었다.

유람에 싫증이 나 돌아왔는데, 모습을 되돌아보면서 날로 득의양양한 표정을 지으며 옛 도읍을 배회하였고, 사방의 이웃을 돌아보고는 멈칫하며 생각하기를, '도회지 사람이나 이웃 사람들이 열에 아홉은 자기만 못하다'고 여겼다. 내실에 들어가다가 마루에 올라가 자기 아내를 보고는, 도리어 놀라 도망가려고 하며, "이리도 어찌 해괴하냐?"하고, 아내가 위로하려고 하면 말하기를, "너와 무슨 관계가 있어!" 하였다. 음료를 먹이려 하면 화를 내면서 마시지를 않았다. 밥상을 높이 들어다 그에게 주려고 하면, 화를 내며 먹지를 않았다. 같이 얘기하려 하면 담장을 향하여 탄식하였다. 옷을 입고 세수하고 빗질을 하여 보이려고 하면, 침을 뱉고 돌아보지도 않았다.

아내에게 말하기를, "네가 어찌 나에게 합당하기나 하냐? 빨리 꺼지라고!" 하였다. 아내는 고개를 숙이고 창피해하고 그 다음에 우러러보며 탄식하며 말했다. "듣건대, 부귀하게 된 사람은 가난하고 괴로운 때의 아내를 바꾸지 않는다 했고, 귀한 여인을 둔 사람은 초췌해져도 버리지 않는다고 했소. 그대는 혹이 없어져 돌아왔지만, 나를 혹이 생겨났다고 쫓아내려 하는구려. 아아, 혹 덩어리라니! 소첩의 죄는 아니외다." 아내는 마침내 집을 나왔다.

이리하여 장사꾼이 집에 돌아온 지 3년이 되니, 고향 사람들이 그의 행실을 미워하여 더불어 혼사를 맺으려 하지 않았다. 북방 토지의 기풍은 그의 모발과 기맥을 변하게 하였고, 콩을 먹고 물을 마시게 되니 그의 살과 피부를 흔들어 놓아,

점점 전의 추한 모습으로 되돌아갔다. 이때에야 자기 아내를 돌아오게 하여 처음대로 서로 공경하게 되었다.

군자(君子: 학식과 덕행이 높은 사람)들은 이런 행실을 이야기하여 '장사치들은 예의(禮儀)에 많이 엷다는 것을 알게 되었다.'고 하였다.

동파거사는 말한다. "곤궁하다고 주인을 바꾸고, 귀해졌다고 옛 사귐을 바꾸어 항상 그 지켜야 할 도리를 하지 않으면, 이는 바른 명분과 예교(禮敎)의 죄인이며 학술을 모르는 사람으로, 옛 규범을 범하여도 부끄러워 할 줄 모르게 된다. 이해(利害)가 걸린 곳에서는 싸우고 시비(是非)를 따지는 곳에서는 서로 이기려고 해서, 때로는 왕왕 충신을 적국 사람으로 만들고, 효자를 흉악한 종으로 둔갑시켜 앞뒤를 어지럽히는 것이, 어찌 다만 양주의 장사꾼뿐이겠는가!"

□ 해제

남방에서 7년 만에 고향에 돌아온 장사꾼이 자기의 겉모습이 화려해졌다고 아내를 멸시하며, 화나면 마시지도 먹지도 않는 등의 행동을 하며 아내를 쫓아냈다. 고향 사람들이 그 행실을 미워하여 혼인도 하지 않으려 하고, 북방의 기후와 풍토로 인해 자신의 외형도 볼품없게 되자 아내를 돌아오게 하여 예전처럼 대하게 되었다.

이러한 장사꾼의 졸렬한 품행에 대해 세상 사람들은 배척하였다. 이 우언에서 동파는 빈귀(貧貴)의 환경에 따라 공경과 교분을 한결같이 지키지 못하고 바꾸는 것은 명교(名敎: 바른 명분과 예교)에 죄인이 되는 것이라고 주장하고 있다.

○ 證龜成蛇

　　晉武帝欲爲太子娶婦, 衛瓘曰: "賈氏有五不可; 靑,
黑, 短, 妬而無子." 竟爲群臣所譽, 娶之, 竟以亡晉.
　　婦人黑白美惡, 人人知之. 而愛其子, 欲爲娶婦, 且使
多子者, 人人同也. 然至其惑于衆口, 則顚倒錯繆如此.
　　俚語曰: "證龜成鼈", 此未足怪也. 以此觀之, 當云
"證龜成蛇". 小人之移人也, 使龜蛇易位, 而況邪正之
在其心, 利害之在歲月後者耶!

[註] 《동파지림(東坡志林) 권3》에 보인다. 원제는 <가씨오불가(賈氏五
　　不可)>이다. 지은 때는 알 수 없다.
晉武帝(진무제): 사마소(司馬昭)의 아들 사마염(司馬炎). 265-290년 재
　　위. 문벌정치를 강화하고, 또 종실(宗室)을 크게 봉하여 황실에 내홍
　　의 근원을 씨뿌렸다. 사치 황음하여 죽어서 오래지 않아 전국이 다시
　　분열하고 혼전국면에 들어갔다.
衛瓘(위관): 220-291년. 자는 백옥(伯玉). 진 무제(晉 武帝) 때 사공(司空)
　　을 맡았고 혜제(惠帝) 초에 태보(太保)에 나갔으나 곧 가후(賈后)에게
　　피살되었다.
賈氏(가씨): 가후(賈后: 256-300년)로 진 혜제(晉 惠帝) 황후인데 진초
　　(晉初)의 대신 가충(賈充)의 딸. 이름은 남풍(南風). 272년 태자비가 되
　　어 일찍이 질투를 하여 손수 살인을 하여 무제(武帝)가 폐하려는 것을
　　상서령 순욱(荀勗)과 양황후(楊皇后) 등이 면하게 하였다. 양황후를 모
　　반으로 무고해 죽게 하고 초왕 위(楚王 瑋), 여남왕 양(汝南王 亮)을 거

짓 조서로 죽였다. 팔왕(八王)의 난이 이때부터 시작되고, 10년 동안 정치를 마음대로 하며 살인을 좋아하는 성품에다가 음란하였는데 나중에 조왕 윤(趙王 倫)에게 피살되었다.

爲(위)…所(소)…: …에게 …되다. 피동태용법.
竟(경): 마침내, 도리어.
錯繆(착류): 서로 모순됨.
移人(이인): 사람을 바꾸다.

❑ 번역

證龜成蛇 ─ 거북이를 증명하려다가 뱀이 되다

진 무제(晉 武帝)가 태자(太子)를 위해 며느리를 맞고 싶어했다. 사공 위관(衛瓘)이 간언하기를, "가씨(賈氏)는 간택되면 안 될 다섯 가지 사항이 있습니다. 뺨의 색이 푸르고, 피부가 검으며, 키가 작고, 질투를 하며 거기다 아들이 없을 것 같습니다."라고 하였다. 그런데도 여러 신하들에게 칭송을 받아 간택되었다가, 마침내 이 때문에 진나라를 망하게 하였다.

부인의 피부색이 검은가 흰가, 아름다운가 추한가, 나쁘냐는 사람마다 모두 쉽게 알 수 있다. 자기 아들을 아껴서 며느리를 맞으려 할 때, 더구나 아들을 많이 낳게 하고 싶은 것은 사람마다 마찬가지일 것이다. 그러나 뭇 사람의 입에 현혹되기에 이르면, 거꾸로 되어 서로 모순되는 경우가 이와 같다.

속담에 이르기를, "거북이를 증명하려다가 자라가 된다."고 했는데 이것은 괴이한 것도 아니다. 이로써 관찰하면 마땅히, "거북이를 증명하려다가 뱀이 되었다."라고 해야 옳을 것이다.

소인(小人)이 사람을 변화시키어, 거북을 뱀으로 자리바꿈하게 하였다. 하물며 바르지 못함과 바름이 그 마음에 있었으니, 이 익인지 손해인지는 세월이 흐른 뒤에야 증명될 수 있음에라.

□ 해제

원래 위씨(衛氏) 딸에게는 다섯 가지가 좋고, 가씨(賈氏) 딸에게는 다섯 가지가 좋지 않았다. 그런데도 중신들이 가씨 딸 가남풍(賈南風: 가후賈后)을 태자비로 추천하여 진(晉)나라 황실에 피바람을 일으키고 팔왕(八王)의 난으로 나라를 망하게 하였다.

소인(小人)의 뭇 입으로 사람의 처지를 바꾸었기 때문에, 거북이로 증거한다고 한 노릇이 사악한 뱀이 그 자리를 차지하게 되었고, 질투와 바르지 못한 마음은 그 피해가 세월이 흐른 뒤에 나타났다.

○ 劉凝之沈麟士

　劉凝之爲人認所著履，卽與之．此人後得所失履，送
還，不肯復取．
　又，沈麟士亦爲隣人認所著履，麟士笑曰：“是卿履耶？”
卽與之．隣人得所失履，送還．麟士曰：“非卿履耶？”笑
而受之．
　此雖小事，然處事當如麟士，不當如凝之也．

[註] 《동파지림(東坡志林) 권4》에 보인다. 지은 때는 알 수 없다. 사
　실이 《남사·인물전(南史·人物傳)》에 보인다. 또 〈유응지전(劉凝之傳)〉
　은 《송사·은일전(宋史·隱逸傳)》에 다시 보인다. 〈심인사전(沈麟士傳)〉
　은 《남제서·고일전(南齊書·高逸傳)》에 다시 보이나, 오직 자기 신발을
　인정하는 사실은 기재되지 않았다. 麟士가 驎士(인사)로 되어 있다.
著履(착리): 신발을 신다.
卿(경): 이웃에 사는 벗에 대한 애칭.

□ 번역

　劉凝之沈麟士 - 유응지와 심인사

　유응지(劉凝之)의 신발을 남이 자기가 신던 신발이라고 주장
하자, 그는 즉시 그에게 주었다. 이 사람은 나중에 잃어버렸던
신발을 되찾게 되자 유응지의 신발을 돌려보내왔다. 그러나 유

응지는 그 신발을 받으려 하지 않았다.

또 심인사(沈麟士)도 역시 이웃사람이 신고 있던 신발을 자기 것이라고 주장했다. 인사는 웃으면서, "이게 당신 신발인가요?"하면서 즉시 그에게 주었다. 이웃사람이 잃어버렸던 신발을 찾게 되자 돌려주었다. 인사는 "당신 신발이 아니었소?"하면서 웃으면서 받았다.

이것은 비록 작은 일이지만, 그러나 일처리는 마땅히 인사(麟士)와 같이 하여야지, 응지(凝之)와 같이 하여서는 안 된다.

❏ 해제

이웃사람이 자기가 잃어버린 신발이라고 주장하고 가져갔다가 자기 신발을 찾게 되자 가져간 신발을 되돌려왔다. 이 경우, 유응지는 필요 없다고 거절하고, 심인사는 웃으면서 받았다.

유응지는 그 일에 대해 마음속으로 못마땅하게 생각했고, 심인사는 그러지 않았다. 동파는 심인사가 유응지에 비해서 처세에 더 관대하고 두텁다고 보고 있다.

○池魚自達

眉州人任達爲余言: "少時, 見人家畜數百魚深池中. 池以磚甃, 四周皆有屋舍, 環繞方丈間. 凡三十餘年, 日加長. 一日, 天晴無雷, 池中忽發大聲, 如風雨, 魚踊起, 羊角而上, 不知所往."

達云: "舊說, 不以神守, 則爲蛟龍所取, 此殆是耳!"

余以謂蛟龍必因風雨, 疑此魚圈局三十餘年, 日有騰拔之意, 精神不衰, 久而自達, 理自然耳.

[註] 조개미각본(趙開美刻本) 《동파지림(東坡志林) 권3·이사하(異事下)》에는 제(題)가 <지어용기(池魚踊起)>로 되어 있다. 지은 때는 알 수 없다.

自達(자달): 스스로 노력하여 현달하여 자기의지를 표현함.

眉州(미주): 사천성(四川省) 미산(眉山)으로 소식(蘇軾)의 고향.

任達(임달): 인명. 소식의 고향 사람.

磚甃(전추): 벽돌로 벽을 쌓은 우물 벽. 甃는 우물 벽돌.

方丈(방장): 사방 한 장(丈), 1장(丈)은 10자이다. 비교적 넓은 공간을 이른다.

踊起(용기): 세차게 솟구쳐 오름.

羊角(양각): 회오리바람.

神守(신수): 정신을 유지함.

爲(위)…所(소)…: '爲(명사) 所(동사)'로 동사가 피동태가 된다. …에 의해 …되다.

蛟龍(교룡): 전설상의 동물. 모양이 뱀과 같다고 함.

殆(태): 거의. 대개.

圈(권): 우리.

局(국): 구속.

騰拔(등발): 뛰어올라 날아오름.

❑ 번역

池魚自達 — 연못의 고기가 스스로 날아오르다

    미주(眉州)의 고향 사람 임달(任達)이 나에게 말하였다. "어렸을 때 남의 집에서 수백 마리의 물고기를 깊은 연못 속에 기르는 것을 보았소. 연못 가장자리에는 벽돌로 벽을 쌓았고, 사방에는 모두 집들이 있어 가로세로 10자 사이를 두고 둘려 있었소. 대략 30여 년 동안 물고기는 나날이 더욱 자라나더군요. 하루는 하늘이 맑아 우레도 없는데, 연못 속에서 갑자기 큰 소리를 내면서 마치 비바람이 치듯 하여 물고기들이 뛰어오르고 회오리바람이 하늘로 오르더니 날아간 곳을 알 수 없었소." 임달은 말하기를, "옛날 말에 정신을 차리지 않으면, 교룡(蛟龍)에게 사로잡혀간다고 했는데, 그 일이 아마 이런 걸 거요!"라고 하였다.

    나는 교룡은 반드시 비바람을 동반해야 한다고 여긴다. 이 고기들이 30여 년을 우리에 갇혀 있는 동안 날마다 뛰어 날아오르려는 생각을 가지고 정신이 쇠약하지 않다가, 오래되니 저절로 이치에 통달한 것이 아닐까 여기는데, 그게 이치상 자연스러울 뿐이다.

❑ 해제

동파의 고향 사람 임달(任達)은 맑은 날 연못에서 30년 자라
난 고기들이 튀어 오른 것은 속설에 교룡(蛟龍)이 잡아간다고
했는데, 이 일이 그럴 것이라고 말하였다.

그러나 동파는 교룡은 비바람을 동반하는데 그렇지 않으니,
고기 스스로가 30년 동안 비상하려는 의지로 이루어진 것이리
라고 철학적인 추론을 내리고 있다. 고기들도 자유의지에 의해
좁은 공간에서 탈피하려는 욕망을 분출한 현상이란 것이다. 오
랜 유배생활에서 경험한 의식을 연못의 물고기가 하늘로 솟아
오른 것에 기탁한 우언이다.

○ 烏說

　烏于人最黠, 伺人音色有異, 輒去不留. 雖捷矢巧彈, 不能得其便也. 閩中民狃烏性. 以謂物無不可以性取者. 則之野, 挈罌飯楮錢, 陽哭冢間, 若祭者然. 哭竟, 裂錢棄飯而去. 烏則爭下啄, 啄盡, 哭者復立他冢, 裂錢棄飯如初. 烏不疑其紿也, 益鳴爭, 乃至三四, 皆飛從之. 稍狎, 迫于羅, 因舉獲其烏焉.

　今夫世之人, 自謂智足以周身, 而不知禍藏于所伏者, 幾何不見賣于哭者哉! 其或不知周身之術, 而以愚觸死. 則其爲智, 猶不若烏之始虛于彈.

　韓非作<說難>, 死于秦, 天下哀其以智死. 楚人不知<說難>而謂之沐猴, 天下哀其以愚死. 二人者, 其爲愚智則異, 其于取死則同矣. 甯武子邦有道則智, 邦無道則愚, 觀時而動, 禍可及哉!

[註] 《전송문(全宋文)》 권1963에 실려 있다. 지은 때는 알 수 없다.

烏說(오설): 까마귀에 대한 변설. 설(說)은 문체의 한 종류이나 또한 잡설
　을 말한다.

黠(힐): 교활함.

伺(사): 엿보다.

閩中(민중): 지금의 복주시(福州市). 여기서는 복건성(福建省)을 두루 지
　칭한다.

狃(뉴): 익숙하다.

挈(설): 휴대하다.

罌飯(영반): 그릇에 밥을 담음. 밥을 담는 데 쓰는 그릇.

楮錢(저전): 옛날 제사 때 태우는 지전(紙錢).

陽(양): 佯(양)과 통함. 거짓 …한 체하다.

紿(태): 속이다.

狎(압): 친근하다.

羅(라): 새그물.

周身(주신): 몸을 구휼하다. 周는 賙와 통하며 구제하다의 의미이다.

賣(매): 속이다. 見賣는 속임을 당하다. 見은 피동(被動) 조동사로 "~당하
다".

虛于彈(허우탄): 탄알을 헛되게 하다.

韓非(한비): BC 280-BC 233년. 전국시대 말기의 정치가, 철학가. 한(韓)
의 공자(公子). 이사(李斯)와 함께 순경(荀卿)에게 배웠다. 한왕(韓王)에
게 변법을 건의하였으나 받아들여지지 않았으며, 후에 진(秦)에 사신으
로 가서 영접을 받았으나, 이사와 요가(姚賈)의 질투와 모함을 받기에
이르러 옥에 갇히게 되자 자살하였다. 그는 도(道), 유(儒), 묵(墨) 각
가(家)의 사상, 특히 전기 법가(法家)의 사상을 흡수하여 법가의 학설을
집대성하였다. <세난(說難)>은 《한비자(韓非子)》 중의 편명으로 대표작
품의 하나이다. 그 글의 주지는 임금에게 유세하는 어려움을 반복하여
논증하는 데 있었으나, 정작 자신은 임금의 마음을 헤아리지 못해 애증
이 바뀌어 자살하는 화를 당하였다.

楚人(초인): 초패왕 항우(項羽, BC 232-BC 202년)를 가리킨다. 진말(秦
末)에 농민봉기의 선봉으로 용기는 있으나 지모가 없어 초한전쟁 중에
유방(劉邦)에게 패하여 포위 속에 지금의 안휘성 오강(烏江) 연안에서
자살하였다.

沐猴(목후): 미후(獼猴: 원숭이). 관(冠), 모자. 《사기·항우본기(史記·項羽
本紀)》에 '사람들이 초나라 사람은 원숭이에게 관(冠)을 씌운 것일 뿐

이라고 말하더니, 과연 그렇다.(人言楚人沐猴而冠耳, 果然.)'를 인용한 것.

甯武子(영무자): 영유(甯兪)로 무(武)는 시호. 춘추시대 위(衛)나라 대부(大夫)로 문공(文公)에게 벼슬하여 도(道)가 있을 때는 볼만한 일이 없었다. 성공(成公)이 무도하여 나라를 잃기에 이르자 영유가 그때에 주선하는 데 간난을 피하지 않아, 자신도 마침내 보존하고 그 임금을 구제하였다. 공자는 《논어·공야장(論語·公冶長)》에서, "영무자는 나라에 도(道)가 있을 때는 지혜롭게 행동했고, 나라에 도가 없을 때는 어리석게 행동했다. 그 지혜는 아무나 미칠 수 있지만, 그 어리석음은 아무나 미칠 수 없다.(甯武子邦有道則智, 邦無道則愚. 其智可及也. 其愚不可及也.)"라고 그를 칭찬하였다.

☐ 번역

烏說 — 까마귀에 대한 이야기

까마귀는 사람을 대하는 데에 아주 교활해서, 사람들의 소리나 행색이 이상한지 살피다가 즉시 도망가 날아가 버린다. 비록 빠른 화살이나 정교한 탄알이라 할지라도 그에 익숙하게 다룰 수가 없다. 복건성(福建省) 주민들은 까마귀의 습성에 익숙하기 때문에, 동물은 그 특성으로 붙잡지 않을 수 없다고 말한다. 그래서 들에 가면서 그릇에 밥을 담고 제사용 지전(紙錢)을 휴대하고는 묘지에서 거짓으로 곡(哭)하면서 마치 제사를 지내는 것처럼 한다. 곡을 마치면 지전을 찢고 밥을 던지고 떠난다. 까마귀들은 다투면서 날아 내려와 밥을 쪼아 먹는데 다 쪼아 먹기를 기다렸다가, 곡하는 사람은 다시 다른 묘에 가서 서서 지전을 찢고 밥을 던지기를 처음과 같이 한다.

까마귀들은 그게 속임수라는 것을 의심하지 않고 더 깍깍 소리 지르며 다투는데 드디어 서너 차례에 이르면, 모두 날아다니며 쫓아다닌다. 조금 친해졌다 싶으면 까마귀를 그물로 끌어들여 그리하여 일거에 그 까마귀들을 모두 잡게 된다.

지금 세상 사람들은 스스로 지혜가 자기 자신을 충분히 보전할 수 있다고 여기지만, 재난이란 숨어 있는 곳에 감춰져 있음을 알지 못하여, 몇 사람이나 곡(哭)을 가장한 사람에게 속고 있음을 의식할 수 있는가! 그들이 혹시 자신을 보전하는 방법을 몰라 당했다면, 어리석어서 죽음에 이르렀다고 하겠다. 설사 그들이 지혜로웠다고 하더라도, 또한 까마귀가 처음에 탄알도 헛되게 했던 지혜만 못하다.

한비자(韓非子)는 <세난(說難)>을 짓고서도 진(秦)나라에서 죽어서, 천하 사람들이 모두 그가 지혜 때문에 죽었다고 슬퍼한다. 초(楚)의 항우(項羽)는 <세난>의 이치를 알지 못하여 사람들에게 목후(沐猴: 관을 쓴 원숭이)라고 불려 천하 사람들이 그가 어리석음 때문에 죽었다고 슬퍼한다. 두 사람은 그들의 어리석음과 지혜로움에서는 달랐지만, 그러나 그들이 죽음을 택한 방법(자살)에는 같았다. 영무자(甯武子)는 나라에 도(道)가 있으면 지혜로웠고, 나라에 도가 없으면 어리석었으니, 때를 살펴 행동하니 재난이 그에게 미칠 수가 있었겠는가.

❏ 해제

까마귀는 비교적 인가에 가까이 사는데, 경계심이 많은 새로 주살이나 탄환으로는 잡기가 어렵다. 그러나 사람들은 까마귀의 습성을 이용해서 잡는다.

사람은 비록 지혜롭다 하더라도 화근(禍根)이 숨어있는 것을 모르고 재난을 당하는 경우가 있다. 한비자(韓非子)는 지혜롭고, 항우(項羽)는 어리석었지만 둘 다 재난을 만나 자살하기에 이르렀다.

영무자(甯武子)는 나라에 도(道)가 있을 때는 지혜롭게 행동하고 나라가 어지러울 때는 어리석게 행동했는데, 동파는 그처럼 때를 살펴 행동해야 한다고 이 우언에서 언급하고 있다. 이는 자신에 대한 다짐이기도 하다.

○ 戴嵩畵牛

蜀中有杜處士, 好書畵, 所寶以百數. 有戴嵩牛一軸, 尤所愛, 錦囊玉軸, 常以自隨.

一日曝書畵, 有一牧童見之, 拊掌大笑, 曰: "此畵鬪牛也. 鬪牛力在角, 尾搐入兩股間, 今乃掉尾而鬪, 謬矣!" 處士笑而然之.

古語有云: "耕當問奴, 織當問婢." 不可改也.

[註] 공범례점교(孔凡禮點校)《소식문집(蘇軾文集) 권70》, <서대숭화우(書戴嵩畵牛)>에서 뽑은 우언이다.

戴嵩(대숭): 당대(唐代)의 유명한 화가로 소 그림을 잘 그렸다. <투우도(鬪牛圖)>가 유명하다. 한간(韓幹)은 말 그림을 잘 그렸으므로 두 사람을 '한마대우(韓馬戴牛)'라고 칭하였다.

處士(처사): 벼슬을 하지 않은 선비.

曝(폭): 볕에 쬐다.

拊掌(부장): 손뼉을 치다.

搐(축): 경련이 일다. 당기다.

掉尾(도미): 꼬리를 흔들다.

有云(유운): 고어(古語)인 '경당문노, 직당문비(耕當問奴, 織當問婢)'는 《송서(宋書) 77》<심경지전(沈慶之傳)>의 "나라 다스리는 것을 집안 다스리는 것에 비유하자면, 농사짓는 것은 당연히 머슴에게 물어야 하고, 길쌈 짜는 것은 당연히 여종에게 물어야 함과 같다.(治國譬如治家, 耕當問奴, 織當問婢.)"를 인용한 것이다.

□ 번역

戴嵩畫牛 — 대숭의 소 그림

사천(四川)에 어떤 두처사(杜處士)가 있었는데, 서화를 좋아하여 보물로 여기는 것이 백을 헤아렸다. 대숭(戴嵩)이 그린 소 그림 두루마리 하나가 있었는데, 매우 아끼며 비단주머니를 만들고 옥돌로 화축을 만들어 항상 몸에 휴대하였다.

하루는 두처사가 서화를 햇볕에 쪼이고 있는데 어떤 한 목동이 그것을 보고 손뼉을 치며 크게 웃으면서 말하였다. "이것은 투우를 그린 것이군요. 투우는 힘이 뿔에 있고, 꼬리는 두 넓적다리 가운데에 움츠리는 법인데 이 그림은 꼬리를 흔들며 싸우니 이는 잘못된 거예요!" 처사가 웃으며 '그렇구나.'라고 하였다.

옛말에 하는 말이 있다. "농사짓는 일은 머슴에게 물어야 하고, 길쌈 짜는 일은 여종에게 물어야 한다."고칠 수 없는 말이다.

□ 해제

대숭(戴嵩)은 당대(唐代)의 유명화가로 소 그림을 잘 그렸다. 두처사(杜處士)가 대숭의 소 그림을 햇볕에 쪼이고 있는데 목동이 보고서 이 그림의 투우 자세는 틀렸다고 지적하였다. 두처사는 목동의 정확한 의견을 겸허히 받아들인다. 대숭은 투우가 뿔과 꼬리의 방향이 중요한데 그것을 간과하여 그린 것이다.

이 우언에서 동파는 목동이 유심히 관찰하는 것을 높이 평가

하면서, 모든 일은 비록 비천한 아랫사람일지라도 부끄러워 말고, 경험 있는 자에게 물어야 함을 암시하고 있다.

투우할 때 일반적인 자세는 꼬리를 흔들지만, 뿔을 부딪쳐 싸울 때는 꼬리가 항문을 덮고 다리 가랑이 사이로 내려오는 것이 기본이다.

동파 자신이 서화가이기도 하므로 그의 '불류우일물(不留于一物: 한 가지에 얽매이지 않음)' 사상이 이 우언에 녹아 있다.

○ 潞公

潞公坐客有言新義極迂怪者, 公笑不答.

久之, 曰: "頗嘗記明皇坐勤政樓上, 見釘校者. 上呼曰: '朕有一破損平天冠, 汝能釘校否?' 此人旣爲完之. 上曰: '朕無用此冠, 以與汝爲工直.' 其人惶恐謝罪. 上曰: '俟夜深閉門後, 獨自戴, 甚無害也.'"

[註] 공범례점교(孔凡禮點校) 《소식문집(蘇軾文集)·제6책)》 <소식일문회편(蘇軾佚文滙編) 권6·잡기·노공(雜記·潞公)>에 보인다. 지은 때는 알수 없다.

潞公(노공): 북송의 재상인 문언박(文彦博). 1006-1097년. 북송 분주 개휴(汾州 介休, 지금의 산서성山西省) 사람. 송(宋)과 서하(西夏)전쟁 후군법이 엄하지 못함을 극론하였으며, 중서성평장사에 올라 재상으로있었고 파직되어서는 여러 주의 주군을 맡으며 노국공(潞國公)에 봉해졌다. 4조(四朝)에 걸쳐 장상(將相)으로 50년을 벼슬하였다. 신종 때에는 왕안석(王安石)의 신법을 반대하였다.

新義(신의): 왕안석이 지은 《삼경신의(三經新義)》를 가리키는데 지금은 《주관신의·잔권(周官新義·殘卷)》에 남아 있다.

迂怪(오괴): 물정에 어둡다. 오활하고 괴이하다.

明皇(명황): 당 현종(唐 玄宗), 이융기(李隆基). 시호가 지도대성대명효황제(至道大聖大明孝皇帝)로 일명 당 명황(唐 明皇)이라 한다.

釘校者(정교자): 깁거나 고치는 장인.

平天冠(평천관): 황제가 쓰는 위가 평평한 황관(皇冠).

直(치): 값, 値(치)와 같음.

□ 번역

潞公 — 노공 문언박

노공(潞公) 문언박(文彦博)의 좌객(坐客: 앉아 있는 손님) 중에 왕안석(王安石)의 《삼경신의(三經新義)》가 매우 물정에 어둡고 괴이하다고 말하는 자가 있었다. 노공은 웃으면서 아무 대답도 하지 않았다.

한참 있다가 말하였다. "문득 예전에 명황(明皇: 당 현종唐玄宗)이 근정루(勤政樓) 위에 앉아 관 고치는 사람을 만난 일이 기억되는군. 상감이 그를 불러 말하기를, '짐(朕: 황제의 자칭)에게 부서진 평천관(平天冠)이 하나 있는데, 네가 고칠 수 있겠느냐?' 하였는데, 이 사람이 이윽고 그걸 완전하게 고쳤지. 그러자 상감이 말하기를, '짐은 이 관을 쓸 일이 없으니, 고친 품삯으로 이걸 너에게 주마.' 하였지. 그 사람은 황공하여 죄스러워하며 사양하였지. 상감이 말하기를, '밤이 깊기를 기다렸다가 문을 닫고서, 혼자만 스스로 써보면 아무 지장이 없을 거야.'라고 하였네."

□ 해제

왕안석이 지은 《삼경신의(三經新義)》가 세상물정에 어두움을, 현종이 갓쟁이에게 헌 평천관을 써보도록 했던 고사(故事)를 인용하여 노공이 풍자하고 있다. 소동파는 왕안석의 변법의 정견(政見) 출발이 《삼경신의》에 있다고 보고 부정했던 면을 엿볼 수 있다.

왕안석의 《삼경신의》는 모시의(毛詩義), 상서의(尙書義), 주관신의(周官新義)를 말하는데, 《시경》, 《서경》, 《역경》을 논한 것이다. 모두 정치지도자와 서민이나 신하의 관계를 혁신적으로 보았기 때문에 소동파는 왕안석의 개혁신법을 반대한 입장에서 노공의 우언으로 《삼경신의》가 헌 평천관이나 마찬가지라며 현실에 맞지 않은 조치를 비유하고 있다.

○勸汝別謀于他所

蘇子由在政府，子瞻爲翰苑．有一故人，與子由兄弟有舊者，來干子由求差遣，久未遂．

一日，來見子瞻，且云：“某有望內翰以一言爲助．”

公徐曰：“舊聞有人貧甚，無以爲生，乃謀伐冢．遂破一墓，見一人裸而坐，曰：‘爾不聞漢世楊王孫乎？裸葬以矯世，無物以濟汝也．’復鑿一冢，用力彌堅，既久，見一王者，曰：‘我漢文帝也．遺制壙中無納金玉，器皆陶瓦，何以濟汝？’復有三冢相連，乃穿其左右者，久之方透，見一人，曰：‘我伯夷也．瘠羸，面有飢色，餓于首陽之下，無應汝之求，’其人嘆曰：‘用力之勤無所獲，不若更穿西冢，或冀有得也．’瘠羸者謂曰：‘勸汝別謀于他所．汝視我形骸如此，舍弟叔齊，豈能爲人也！’”

故人大笑而去．

[註] 남송(南宋) 장방기(張邦基)가 지은 《묵장만록(墨莊漫錄)》에 보인다.
《묵장만록》은 필기(筆記)인데 모두 10권으로, 내용에 사대부의 고사와
시문(詩文)을 평한 것이 많이 기록되어 있다.
蘇子由(소자유): 소철(蘇轍). 자(字)가 자유(子由). 동파 소식(蘇軾)의 동생
으로 소식과 같은 해에 과거에 급제하였다.
在政府(재정부): 조정에 임관되어 있는 것을 가리킴. 송 철종 원우(元祐)
원년에서 3년(1086-1088)까지 자유는 서울에서 중서사인(中書舍人),

1. 산문 우언 153

호부시랑(戶部侍郞)으로 있었다.

子瞻(자첨): 소식의 자(字).

翰苑(한원): 한림원(翰林院)의 별칭. 소식은 원우 원년에서 3년까지 서울에서 한림학사지제고(翰林學士知制誥)로 있었다.

干(간): 구(求)하다.

差遣(차견): 파견하다, 임명하다. 송대(宋代)에 내외실무를 임명하여 충당함. 조선조에는 지방관으로 파견하여 임명하는 것을 이름. 여기서는 '관직을 구하다'는 의미이다.

內翰(내한): 송대에 한림학사를 말함.

伐冢(벌총): 묘에서 도둑질함.

楊王孫(양왕손): 서한 무제(西漢 武帝) 때 사람. 황로(黃老)의 술(術)을 배워, 죽기 전에 자식에게 포대에 담아 땅속 7자 깊이로 들어가게 하되 자기를 옷을 벗은 상태로 장사지내라고 하였다. 삶과 죽음은 사물의 자연변화이므로 사람이 죽은 뒤에는 정신은 하늘로 돌아가고 몸과 뼈는 땅에 들어가서 '각각 그 참[眞]세계로 들어간다.'고 하고 그리고 시체는 '흙덩이로 혼자 있어도' 지각이 없으므로 세상 사람들의 생각을 바꿔야 한다며 나장(裸葬)을 견지하였다. <나장론(裸葬論)>을 지어서 당시의 후장하는 풍습에 반대하였다.

裸葬(나장): 벌거벗은 몸체로 매장함.

彌堅(미견): 더욱 견고함.

遺制(유제): 제왕의 유령(遺令). 임금이 운명할 때 하는 명령.

壙(광): 송장을 묻기 위한 구덩이. 분묘를 가리킴.

方透(방투): 한쪽이 통하다.

伯夷(백이): 상조(商朝) 말년 고죽군(孤竹君)의 장자. 고죽군이 처음에 차자(次子) 숙제(叔齊)를 계승인으로 삼았는데, 고죽군의 사후 숙제는 형 백이에게 양보하였으나 백이는 받지 않았다. 후에 두 사람이 주(周)에 함께 갔는데, 이 두 사람은 주 무왕(周 武王)이 상조를 토벌하는 데 반대하였다. 무왕이 상조를 멸하자 그들은 수양산(首陽山)으로 도피하여 고사리를 캐면서 은거하다가 주(周)의 곡식을 먹는 것이 부끄럽다고 하여 굶어 죽었다.

瘠羸(척리): 여위어 약함.

冀(기): 바라다.

□ 번역

勸汝別謀于他所 — 다른 데서 따로 꾀하기를 권하다

소철(蘇轍)이 조정의 관원이 되었고, 소식(蘇軾: 동파)은 한림학사가 되었다. 어떤 잘 아는 사람이 소철 형제와 구면이므로, 소철에게 와서 관직을 요청했지만, 오래되어도 기용되지 않았다.

하루는 소식에게 찾아와서 또 말하였다. "저는 한림학사께서 한마디 조언해주시기를 바랍니다."

공(公: 소식)은 천천히 말하였다. "전에 듣건대, 어떤 사람이 매우 가난하여 살아갈 길이 없자 곧 무덤을 도굴하려고 꾀하였지. 드디어 한 묘를 팠더니, 한 사람이 옷을 벗고 앉아 있는 것이 눈에 띄었네. 말하기를, '너는 한대(漢代)의 양왕손(楊王孫)을 들어보지 못했느냐? 세상 풍속을 바꿔보려고 벌거벗겨 장사를 했으므로 너를 구제해줄 아무 물건도 없다.'고 하였네. 다시 한 분묘를 파 뚫는데 힘을 써도 점점 단단해지는데, 이윽고 한참 있으니까 한 제왕이 눈에 띄었지. 그가 말하기를, '나는 한 문제(漢 文帝)이다. 내가 죽을 때 유명(遺命)을 내려 묘혈 속에 금은보화를 넣지 말도록 해서 기물은 모두 (돈 가치가 없는) 도자기뿐이니, 무엇으로 너를 구제하겠느냐?'고 하였네. 다시 세 무덤이 서로 연결되어 있어서 곧 그 좌우 두 무덤을 뚫어 들어가노라니, 오래 있자 한쪽이 통하게 되었는데 한 사람이 눈에 띄었네. 그가 말하기를, '나는 백이(伯夷)이다. 여위고 쇠약하여 얼굴에 굶주린 기색이 띨 텐데, 수양산 아래서 굶주려서 네가 구조해 달라는데 응할 수가 없구려.'고 하였네. 그 사람은 탄식하며 말하였네. '부지런히 힘써 봐야 얻을게 없으니, 다시 서쪽 무덤을 뚫어보느니만 못하겠는데, 혹시나 얻을 게 있을지 해봐야지!' 그러자 여위고 쇠약한 사람이 말하였네. '당신에게 다른 곳에 따로 꾀하기를 권하네. 당신이 내 몰골이 이와 같음을 보고 있는데, 내 동생 숙제(叔齊)인들 어찌 남을 위해 할 수 있겠나?'"

그러자 잘 아는 사람은 크게 웃으며 가버렸다.

☐ 해제

소철이 관원이 되자 그에게 관직을 부탁한 사람이 아무 조치가 없자 소식을 찾아와 조언해주기를 청하였다. 그러자 소식은 가난한 도굴꾼 이야기를 들려주었다. 도굴꾼은 여러 개 묘를 팠으나 모두 도움이 되지 않았다. 여기서 도굴 묘는 그가 청탁해온 관계를 암시하고 있다. 마지막에 도굴하는 백이(伯夷)와 숙제(叔齊) 묘는 소식과 소철을 상징한 것으로 보인다. 백이가 말하였다. '옆의 묘는 동생 숙제의 묘이니 도굴해봐야 아무것도 없으니 다른 데 가서 시도해보라.'고.

청탁 조언을 바란 잘 아는 사람은 그 말의 의미를 알고 웃으며 가버렸다.

○ 但有慚惶

　東坡元豊間繫獄, 元祐初起知登州, 未幾, 以禮部員外郎召還, 道遇當日時獄吏, 甚有愧色.

　東坡戲之曰: "有蛇螫殺人, 爲冥官所追, 議法當死. 蛇前訴曰: '誠有罪, 然亦有功, 可以自贖.' 冥官曰: '何功也?' 蛇曰: '某有黃可治病, 所活已數人.' 吏驗不誣, 遂免. 良久, 牽一牛至. 吏曰: '此觸殺人, 亦當死.' 牛曰: '我亦有黃可治病, 亦活數人矣.' 亦得免. 久之, 獄吏引一人至曰: '此人殺人, 今當還命.' 其人倉黃妄言亦有黃. 冥官大怒, 詰之曰: '蛇黃, 牛黃皆入藥, 天下所共知. 汝爲人, 何黃之有?' 其人窘甚, 曰: '某別無黃, 但有些慚惶.'"

[註] 무명씨의 《동고잡지(東皐雜志)》에 보인다.

慚惶(참황): 부끄럽고 두려움.

元豊(원풍): 송 신종(宋 神宗)의 연호(1078-1085). 동파는 원풍 2년(1079) 8월 18일에 시문으로 시사를 비꼬아 '조정을 비난'한 죄로 체포되어 옥에 들어가 거의 죽을 뻔 하다가 12월 29일 석방되어, 검교상서수부원외랑(檢校尙書水部員外郎)의 직책에서 황주단련부사(黃州團練副使)로 황주에 안치되었다. 이것이 역사상 유명한 '오대시안(烏臺詩案)' 사건이다.

元祐(원우): 송 철종(宋 哲宗)의 연호(1086-1093년). 동파는 원풍 8년 3

월, 신종이 죽은 후 5월 사마광(司馬光)의 천거로 조봉랑(朝奉郞)으로 등주(登州, 지금의 산동성山東省 봉래蓬萊)지주로 기용되었다.

螫(석): 벌레가 쏨.

冥官(명관): 저승의 재판관.

黃(황): 한약 이름. 뱀과 소의 담낭결석.

觸(촉): 뿔로 받음. 여기서는 소뿔로 쓰였다.

還命(환명): 처벌요구에 분부를 내림. 신하의 요구에 대한 천자의 지시.

倉黃(창황): 倉皇과 통용. 바쁘고 급한 모양.

妄言(망언): 터무니없는 말. 이치에 맞지 않는 말.

❑ 번역

但有慚惶 — 다만 부끄럽고 황송할 따름

소동파가 송 신종(宋 神宗) 원풍 연간에 옥에 구금되었다가 원우(元祐) 초년 송 철종(宋 哲宗) 초년에 등주지주(登州知州)로 기용되었고, 얼마 안 되어 예부원외랑(禮部員外郞)으로 경사[수도]로 소환되어 가다가, 도중에 당시의 감옥 관리를 만나게 되었다. 그 감옥 관리는 매우 부끄러워하는 얼굴빛을 띠었다.

동파가 장난삼아 말하였다. "어떤 뱀이 물어 사람을 죽였는데, 저승의 재판관에게 체포되어 법의 심의로 죽게 되었소. 뱀이 그에 앞서 호소하기를, '참으로 죄를 지었습니다만, 그러나 또한 공도 있으니 스스로 속죄될 만합니다.'라고 하였다. 저승의 재판관이 말하기를, '무슨 공이 있다는 거냐?'하니 뱀이 말하였소. '저에게는 병을 치료할만한 황(黃)이 있는데, 이미 여러 사람을 살려냈습니다.'저승의 관리가 시험해 보니 거짓이 아니어서 드디어 사면시켰소. 한참 오래 있다가 소 한 마리가 끌려 도착하니 관리가 말하기를, '이 뿔로 받아 사람을 죽였으니 또한 마땅히 사형해야 합니다.'하자 소가 말했소. '저에게도 또한 병을 치료할만한 황(黃)이 있어, 역시 몇 사람을 살려냈습니다.'그래서 역시 사면될 수 있었소. 오래 있으니까 저승의 옥리가 한 사람을 이끌고 도착하여 말하기를, '이 사람은 사람을 죽였으니, 지금 마땅히 (사형) 분부를 내려주십시오.'하였소. 그 사람은 엉겁결에 역시 황(黃)을 가지고 있다고 둘러대는 망언을 하였소. 저승의 재판관은 크게 화를 내며 힐책하여 말하기를, '사황(蛇黃)이나 우황(牛黃)이 모두 약에 들어가는 것은 천하가 모두 아는 것이다. 너는 사람으로서 무슨 황(黃)을 가지고 있다는 게냐?'라고 하니 그 사람은 몹시 난처해하며 말하기를, '저에게는 달리 황(黃)은 없습니다만, 다만 약간의 부끄러움과 두려움[참황(慚惶)]을 가지고 있습니다.'라고 하였소."

❑ 해제

이 우언은 동파가 경험한 사실에 바탕하여 생동감 있게 지어졌다. 동파는 철종 때 석방이 되어 예부원외랑(禮部員外郎)이란 높은 관직을 받고 서울 경사(京師)로 가는 길에, 그가 오대시안(烏臺詩案)으로 감옥에 있을 때 대하던 옥리(獄吏)를 만나게 되었다. 옥리는 동파를 만나자 황송해하였다. 동파는 옥리가 지난날 자기를 핍박하며 대하던 일에 보복하는 감정을 드러내지 않고 이 우언을 들어 장난삼아 말하였다.

마지막에 나오는 단어인 무황(無黃)과 참황(慚惶)에서 '黃'과 '惶'은 발음이 같아 '황(黃)'은 없어도 '황(惶: 황송함)'은 지니고 있다는 말은 해학적이다. 동파의 대범하고 너그러움을 보여주는 일화라 할 수 있다.

2.

애자잡설

○ 馮驩索債

艾子使于魏, 見安厘王.

王問曰: "齊, 大國也, 比年息兵, 何以爲樂?"

艾子喟然嘆曰: "敝邑之君好樂, 而群臣亦多效伎."

安厘王曰: "何人有伎?"

曰: "淳于髠之寵養, 孫臏之踢毬, 東郭先生之吹竽, 皆足奉王歡也."

安厘王曰: "好樂不無橫賜, 奈侵國用何?"

艾子曰: "近日却告得孟嘗君處, 借得馮驩來, 索得幾文冷債, 是以饒足也."

[註] 馮驩(풍환): 풍난(馮煖), 풍훤(馮諼)이라고도 한다. 전국시대 제(齊)나라 사람. 집이 가난하여 제의 맹상군(孟嘗君) 문하의 식객(食客)이었다. 그의 식탁에 물고기가 없고, 수레가 없고, 살 집이 없을 때, 칼을 튕기며 불평하는 노래를 부르자, 세 번이나 맹상군이 그의 요구를 들어주었다. 일찍이 맹상군을 대신하여 10만금을 빌려다가 그의 봉읍인 설(薛)에 가서 이자를 못 갚는 채권을 불살라버렸다. 그리하여 맹상군이 명예를 얻게 하였다. 한번은 제 민왕(齊 湣王)이 참언을 믿어 맹상군을 재상에서 파직하여 설(薛)로 돌려보냈다. 설민(薛民)들이 길가에서 맹상군을 마중하였다. 풍환은 맹상군을 대신하여 위왕(魏王)에게 유세하여 위왕으로 하여금 맹상군을 초빙하게 하였다. 제왕은 맹상군이 제나라를 등지고 위나라로 갈까봐 재상으로 복위하게 하였다.

艾子(애자): 소동파가 지은 최초의 우언집(寓言集)인 《애자잡설(艾子雜

說)》에 나오는 가상인물. 《애자잡설》은 세상의 풍조와 병폐를 해학적으로 풍자한 우언으로 유머와 위트가 가미된 소품 글들이다. 일반적으로 소동파의 말년 유배지인 혜주, 담주에서 창작된 것으로 여겨지고 있다.

安釐王(안리왕): 위(魏)나라 임금. BC 276-BC 243년 재위.

比年(비년): 매년.

伎(기): 기예, 재주.

淳于髡(순우곤): 제(齊)나라의 유명한 학자. 키가 작았는데 박학하고 골계에 능하여 제 위왕(齊 威王) 때 대부가 되어 '침면불치(沈湎不治: 주색에 빠져 나랏일을 돌보지 않음)'라고 풍간하였다. 그리하여 왕이 그를 신임하여 내정을 개혁하였다. 초(楚)가 제(齊)를 공격하자 순우곤은 조(趙)에 가서 구원을 청하였다. 조나라가 그에게 수레 1천 량(輛)과 정병 10만을 주니 초는 자발적으로 철수하였다.

孫臏(손빈): 전국시대 제(齊)의 유명한 병법가로 손무(孫武)의 후손이다. 일찍이 방연(龐涓)과 함께 병법을 배웠다. 후에 방연은 위(魏) 혜왕(惠王)의 장군이 되자 손빈의 재능을 시기하였다. 그리하여 손빈을 위(魏)에 오게 하여 무릎을 자르게 하는 형에 처하였다. 후에 제나라 사신이 손빈을 몰래 싣고 돌아왔다. 손빈은 제 위왕의 장수가 되어 위군(魏軍)을 계릉(桂陵)과 마릉(馬陵)에서 대패시켰다. 저서에 《손빈병법(孫臏兵法)》이 있다.

東郭先生之吹竽(동곽선생지취우): 《한비자(韓非子)》 <내저설상·칠술(內儲說上·七術)>에 '남곽처사취우(南郭處士吹竽)'로 나온다. 전국시대 제(齊) 선왕(宣王)은 생우(笙竽)라는 관악기 연주를 매우 즐겼다. 우(竽)를 전혀 불지 못하는 남곽(南郭)이라는 처사(處士)가 우를 불겠다고 청하였다. 선왕은 흔쾌히 받아들여 합주단의 일원으로 삼고 많은 상을 하사하였다. 남곽은 다른 합주단원의 틈에 끼어 연주하는 시늉만 하였다. 몇 해 후 선왕이 죽고 민왕(緡王)이 즉위하여 단 한 사람의 연주만을 즐겨 들었다. 남곽은 자기 차례가 되자 도망쳐 버렸다. 이를 '남곽남취(南郭濫吹)', 또는 '남우충수(南竽充數)'라고 한다.

竽(우): 고대 대나무 악기의 이름.

橫賜(횡사): 널리 베풀어 주다.

孟嘗君(맹상군): 전문(田文). 전국시대 제(齊)나라의 귀족. 아버지인 전영
　　(田嬰)의 봉작을 이어 받아 설(薛: 지금의 산동성山東省 등현滕縣 동남)
　　에 봉해져, 설공(薛公)이라 칭하고 맹상군이라 불렸다. 제 민왕(齊 湣
　　王)에게 상국(相國)으로 임명되어 문하에 식객이 수천 명이 되었다.

冷債(냉채): 갚지 못하는 빚.

饒足(요족): 풍족함.

❏ 번역

馮驩索債 — 풍환의 빚 독촉

　애자(艾子)가 위(魏)나라에 사신으로 나가 안리왕(安厘王)을
만났다.

　안리왕이 애자에게 물었다. "제(齊)나라는 큰 나라이고, 현재
몇 년 동안 전쟁이 그쳤으니 무엇으로 즐거움을 삼으시나요?"

　애자는 한숨 쉬며 말하였다. "저희 임금은 환락을 좋아하시
니 조정의 뭇 신하들도 모두 기예 즐기기를 본받고 있습니다."

　안리왕이 말하였다. "어떤 사람들이 그런 기예를 가지고 있
소?"

　애자가 말하였다. "순우곤(淳于髡)의 총애받고 봉양하는 기
술, 손빈(孫臏)의 축구하는 기술, 동곽 선생의 피리 부는 기술
은 모두 왕을 받들어 즐겁게 하기에 충분합니다."

　안리왕이 말하기를, "환락을 좋아하면 상을 널리 하사함이
없지 않을 텐데, 나라의 지출을 어떻게 충당하지요?" 하였다.

애자가 말하였다. "요즘 오히려 맹상군(孟嘗君)에게 알리어, 그더러 식객 풍환(馮驩)을 빌려오게 하여 몇 푼의 못 갚은 빚마저 받아내니, 이 때문에 풍족해졌습니다."

❏ 해제

이 우언은 조정 군신들의 향락과 욕망을 풍자하고, 사람을 백성들에게 파견하여 못 받은 빚을 독촉하여 받아내는 것으로 묘사하였다.

등장하는 인물들이 모두 제(齊)나라를 일으킨 인물들이지만, 전쟁이 없는 시절에 환락에 빠진 제왕에게 뭇 신하들도 동조하는 것으로 꾸몄다.

풍환(馮驩)은 백성의 빚을 탕감한 사람인데 오히려 빚을 독촉하여 받아내는 장본인으로 풍자하고 있다. 조정이 풍족해지는 것이 아니라 피폐해지고, 백성은 수탈에 피폐해지고 있어 애자가 한숨을 쉬고 있다.

작자가 체험한 것에 바탕을 두어 역사적 사실을 변용하여 풍자하고 있다.

ㅇ三臟

艾子好飮, 少醒日.

門人相與謀曰: "此不可以諫止, 唯以險事怵之, 庶可誡."

一日, 大飮而噦, 門人密抽彘腸致噦中, 持以示曰: "凡人具五臟方能活, 今公因飮而出一臟, 止四臟矣, 何以生耶?"

艾子熟示而笑曰: "唐三藏猶可活, 況有四耶?"

[註] 門人(문인): 제자.

怵(출): 두려워하다.

庶(서): 아마도, 다행히.

誡(계): 경계하다.

噦(얼): 구토하다.

彘(체): 돼지.

致(치): 놓아두다.

止(지): 다만 …뿐.

唐三藏(당삼장): 당대(唐代)의 저명한 고승(高僧) 삼장법사. 이름은 현장(玄奘).

□ 번역

三臟 — 삼장법사도 살았는데

애자는 술 마시기를 좋아하였는데, 깨어있는 날이 거의 없었다. 그의 제자들이 서로 의논하며 말했다. "이렇게 그만 마시도록 간하여도 안 되니, 오직 위험한 일이 생겼다고 겁을 주어야 아마도 손을 끊도록 할 수 있을 것이오."

하루는 애자가 많이 마셔서 토하였다. 제자들이 몰래 돼지 내장을 꺼내어 토한 가운데 놓아두었다가 가져다 보여주며 말하였다. "모든 사람들은 오장(五臟)을 갖추어야 장차 살아갈 수 있을 텐데, 지금 공(公)께서는 술을 마셨기 때문에 내장 하나가 나와 버려서 다만 네 개의 창자밖에 없으니, 어떻게 살아가시겠습니까?"

애자는 보여주는 것을 자세히 살펴보고는 빙그레 웃으면서 말하였다. "당 삼장(唐三藏)은 (삼장으로도) 오히려 살 수 있었는데, 하물며 나는 넷이나 있잖아?"

□ 해제

당(唐)나라 삼장법사(三藏法師)는 분명히 사람인데 애자는 교묘히 그 음이 삼장(三藏)과 삼장(三臟: 창자 세 개)이 같은 것을 가지고 제자들의 짓궂은 장난을 조롱하고 있다. 애자는 토한 것을 자세히 살펴보고는 제자들이 자신의 건강을 위해 장난하는 것을 알아보고 기지를 발휘하여 빙그레 웃으며 대답하고 있다.

삼장법사는 장기(臟器)가 세 개라도 오히려 살았는데 자기는 장기 하나가 나와 버려도 네 개가 남아 있지 않느냐고.

○ 鑽火

艾子一夕疾呼一人鑽火, 久不至. 艾子呼促之.
　門人曰: "夜暗, 索鑽具不得." 謂先生曰: "可持燭來,
共索之矣."
　艾子曰: "非我之門, 無是客也!"

[註] 鑽火(찬화): 부시 막대로 불을 일으키다.
疾呼(질호): 큰 소리를 질러 급히 부르다.
鑽具(찬구): 불을 얻는 부시 막대, 부싯돌 및 종이심지 등 용구.

❑ 번역

鑽火 ― 부시 도구 찾기

　애자가 하루 저녁은 한 사람을 급히 불러 부시 막대로 불을
피우라고 하였는데 오래되어도 이르지를 않았다. 애자가 불러
독촉하였다.
　문하생이 말하기를, "밤인지라 어두워 부시 도구를 찾지 못
했습니다."라며 선생에게 말하였다. "초를 가져오셔서, 우리
함께 찾아보지요."
　애자가 말하였다. "내 문하가 아니면 이런 문객이 없으렷다!"

❑ 해제

캄캄한 밤에 불을 켜려고 급히 부시 도구를 찾는데 집안사람이 서둘러도 찾지 못했다. 그런데 문하생이 선생께 촛불을 가져오라고 해서 함께 찾아보겠다니, 애자가 그 어리석음이 가소로워 제자의 지혜를 나무라고 있다.

촛불이 있으면 부시 도구가 무슨 필요가 있겠는가.

○ 趕兔失獐

穰侯與綱壽接境, 魏冉將以廣其封也, 乃伐綱壽而取
之. 兵回, 而范睢代其相矣.
艾子聞笑曰:"眞所謂'外頭趕兔, 屋裏失獐'也."

[註] 獐(장): 노루.
穰侯(양후): 위염(魏冉). 양(穰: 지금의 하남성河南省 등현鄧縣)에 봉해져
　양후라 부른다. 전국시대 진(秦)나라의 대신. 원래는 초(楚)나라 사람으
　로 진 소왕(秦 昭王)의 어머니 선태후(宣太后)의 이부제(異父弟)이다.
　진 무왕(秦 武王)이 죽었을 때 내란이 일자, 그는 소왕(昭王)을 옹립하
　였다. 처음에 장군으로 임명되었다가 후에 재상이 되었다. 다섯 나라를
　합종시켜 제(齊)를 깨뜨린 후에 도읍(陶邑)을 봉지로 더 받고 왕실보다
　더 부유해졌다. 화양군(華陽君), 경양군(涇陽君), 고릉군(高陵君)과 아
　울러 사귀(四貴)로 불렸다. 진 소왕 41년(BC 266) 소왕이 범수(范睢)를
　재상으로 기용하자, 파면되어 도읍에서 죽었다.
綱壽(강수): 옛 지명. 강(綱) 땅과 수(壽) 땅.
范睢(범수): 범저(范雎)라고도 한다. 전국시대 위(魏)나라 사람. 국내에서
　수가(須賈)의 모함을 받고 매를 맞아 거의 죽을 뻔 하였는데, 진(秦)나
　라에 들어가 진 소왕(秦 昭王)에게 유세하여 전권을 행사하는 위염(魏
　冉)을 몰아내고 진 소왕 41년에 진의 재상이 되어 응(應)에 봉해져 응
　후(應侯)라 칭한다. 후에 제후들과 통하였다 하여 죄로 다스리려 하자
　병으로 사직하고 곧 죽었다.
外頭(외두): 바깥 방면. 밖.

趕兔失獐 ― 토끼를 쫓다 노루를 잃음

　　양후(穰侯) 위염(魏冉)의 봉지(封地)는 강(綱), 수(壽) 땅과 경계를 접하고 있었다. 위염은 자기의 봉지를 확장하려고 이에 강과 수 땅을 공격하고 그 땅을 빼앗았다. 그가 군대를 되돌렸는데, 범수(范雎)가 자기 재상자리를 대신하게 되었다.
　　애자는 듣고서 웃으며 말하였다. "정말 이른바 '바깥의 토끼를 쫓다가 집안의 노루를 잃어버린다.'는 것이로구나!"

□ 해제

　　동파는 위염(魏冉)이 재상자리를 잃은 원인은 그의 지나친 욕심이라고 조롱하고 있다. 자기 봉지를 확장하려고 출정하지 않았으면, 범수(范雎)가 재상자리에 오르지 못했을 것이다.

○ 齊王築城

　齊王一日臨朝, 顧謂侍臣曰: "吾國介于數强國間, 歲苦支備, 今欲調丁壯, 築大城, 自東海起, 連卽墨, 經大行, 接轘轅, 下武關, 逶迆四千里, 與諸國隔絶, 使秦不得窺吾西, 楚不得窃吾南, 韓, 魏不得持吾之左右, 豈不大利耶? 今百姓築城, 雖有少勞, 而異日不復有征戍侵虜之患, 可以永逸矣. 聞吾下令, 孰不欣躍而來耶?"

　艾子對曰: "今旦大雪, 臣趨朝, 見路側有民, 裸露僵踣, 望天而歌; 臣怪之, 問其故. 答曰: '大雪應候, 且喜明年人食賤麥, 我卽今年凍死矣.' 正如今日築城, 百姓不知享永逸者當在何人也."

[註] 臨朝(임조): 조정에 나아가 국사를 처리함.
支備(지비): 군비를 지출하다. 헤아리다.
丁壯(정장): 장정.
卽墨(즉묵): 전국시대 제(齊)나라 고을. 지금의 산동성 평도현(山東省 平度縣) 동남.
大行(대항): 태항산(太行山). 주봉은 지금의 산서성 진성현(山西省 晉城縣) 남쪽에 있다.
轘轅(환원): 산 이름. 지금 하남성 언사현(河南省 偃師縣) 동남에 있다.
武關(무관): 지금의 섬서성 상현(陝西省 商縣) 동쪽에 있다.
逶迆(위이): 꾸불꾸불 이어짐. 산맥, 강, 도로 등이 굽이굽이 끊이지 않고 이어지는 모양에 쓰인다.

窺(규): 엿보다.

征戍(정수): 옛날에 원정가거나 변경을 지키는 것을 이른다.

侵虞(침우): 침범하다.

永逸(영일): 영원히 안일함.

旦(단): 이른 아침.

僵踣(강부): 넘어지다.

應候(응후): 계절에 응함.

且(차): 장차

賤麥(천맥): 값싼 보리.

□ 번역

齊王築城 ─ 제나라 왕의 성 쌓기

제나라 왕이 하루는 조정에 나아가 시신(侍臣)들을 돌아보며 말하였다. "우리나라는 몇 개의 강국 사이에 끼어있어서 해마다 지출되는 군비에 괴롭다. 지금 나는 장정을 선발하여 큰 장성을 쌓으려고 하오. 동해로부터 쌓기 시작하여 즉묵(卽墨)으로 이어 태항산을 거치면 환원산(轘轅山)에 닿을 것이며, 무관(武關)까지 내려가면 구불구불 4천리에 걸쳐 여러 나라와 단절하게 되오. 그러면 진(秦)은 우리 서쪽을 엿보지 못할 것이며, 초(楚)는 우리 남쪽을 훔치지 못할 것이며, 한(韓)과 위(魏)는 우리 좌우에서 견제하지 못하게 되오. 이것이 어찌 매우 유리하지 않겠소? 현재 백성들이 성을 쌓으려면, 비록 조금 힘은 들겠지만, 이후에 다시는 원정이나 파수하며 침략을 걱정하는 일 없이 영원히 편안할 것이오. 백성들이 내가 내리는 명령을 들으면, 누가 기꺼이 뛰어오지 않겠소?"

애자가 대답하여 말하였다. "오늘 아침 많은 눈이 내려 신(臣)이 조회에 오는데 길가에서 어떤 백성을 만났습니다. 헐벗은 채 땅 위에 넘어져 있으면서 하늘을 바라보며 슬피 노래를 부르고 있었습니다. 신(臣)은 이상히 여겨 그 까닭을 물어보았지요. 그 백성이 대답하기를, '큰 눈이 절기에 맞게 내리니, 장차 내년에는 사람들이 기쁘게 값싼 보리를 먹게 될 것입니다. 그러나 저는 곧 금년에 얼어 죽게 되었습니다.'고 하였습니다. 이는 정말 현재 성을 쌓는 일과 같아서, 백성 중에 영원히 안락을 누릴 자가 누구일는지 모르겠군요."

❑ 해제

이 우언은 원대한 계획을 세울 수는 있으나 실천 가능하고 백성들에게 큰 노고를 끼치지 않아야 할 것을 제시하고 있다. 강수량이 적은 겨울에 눈이 많이 내리면 봄 가뭄이 해갈되어 보리는 풍년이 든다. 그러나 헐벗은 사람은 얼어 죽을 것이므로 그에게 풍년은 아무 상관이 없는 것이다.

애자는 눈 속에서 굶어 헐벗은 백성을 빌어 원대한 국가의 목표는 가지고 있으나 현재 백성에게 닥치는 어려움을 생각하지 못하는 제(齊)나라 왕을 풍간하고 있다.

○ 白起伐莒

艾子爲莒守. 一日, 聞秦將以白起爲將伐莒, 莒之民悉
欲逃避.

艾子呼父老而慰安之, 曰: "汝且弗逃, 白起易與耳, 且
其性仁, 前日伐趙兵不血刃也."

[註] 白起(백기): 일명 공손기(公孫起), 전국시대 진(秦)나라 명장. 미(郿:
지금의 섬서성 미현郿縣 동쪽) 사람. 용병을 잘하여 진 소왕 13년 좌서
장(左庶長)으로 한(韓)의 신성(新城)을 공략하고, 14년 좌경(左更)으로
이궐(伊闕)에서 한(韓)·위(魏) 연합군을 대파하여 24만 명을 참수하고 5
개 성을 빼앗아 국위(國尉)가 되었다. 이듬해 대량조(大良造)로 위(魏)
를 공격하여 원(垣)을 취하였다. 18년 초(楚)나라 서울 영(郢)을 격파하
고 남진하여 동정호(洞庭湖) 일대에 이르렀다. 공으로 무안군(武安君)
이 되고, 47년 장평(長平: 지금의 산서성 고평高平 서북)에서 조(趙)나
라 군사를 대파하여 항복한 조나라 병졸 40여만 명을 구덩이에 묻어
죽였다. 후에 진(秦)나라 승상 범수(范雎)와 틈이 생겨 면직되어 음밀
(陰密: 지금의 감숙성 영대靈臺 서남)에 유배되었다가 핍박을 받고 자
살하였다.
莒(거): 옛 고을 이름. 지금의 산동성 거현(山東省 莒縣)에 있었다.
父老(부로): 마을일을 주관하는 나이든 사람. 나이든 사람의 경칭.
與(여): 상대하다. 대응하다.

白起伐莒 — 백기의 거읍 정벌

　애자가 거읍(莒邑)의 태수로 있을 때였다. 하루는 진(秦)나라가 장차 백기(白起)를 장수로 삼아 거읍을 치려 한다는 소문을 듣고, 거읍 백성들이 모두 달아나 피난하려고 하였다.

　애자는 마을 부로(父老)들을 불러 안심하라고 달래며 말하였다. "당신들은 도망가지 마십시오. 백기는 쉽게 상대할 수 있을 것입니다. 더구나 그의 성품은 어집니다. 전에 장평(長平)에서 조(趙)나라를 칠 때 병사들이 전쟁에서 칼날에 피를 묻히지 않았습니다."

□ 해제

　이 우언은 미치광이 점령자의 비루하고 잔인함을 풍자하고 있다. '성품이 인자하고(性仁)', '병사들이 칼날에 피를 묻히지 않은 것(兵不血刃)'은 모두가 사실과 반대다. 장평(長平)에서 조(趙)나라 군사 40여만 포로를 흙구덩이에 묻어 죽였는데, 어떻게 칼날에 피를 묻히지 않을 수 있었겠는가.

　그러나 애자가 부로들에게 말하고자 하는 것은 조나라 군사 40만을 구덩이에 묻어 죽인 것은 그들이 백기에게 오랫동안 대항했기 때문이므로, 대항하지 않는다면 쉽게 타협할 수 있다고 설득하는 것이다.

○堯禪位許由

艾子曰: "堯治天下久而耄勤, 呼許由以禪焉. 由入見之, 所居土堦三尺, 茅茨不剪, 采椽不斲, 雖逆旅之居無以過其陋; 命許由食, 則飯土鉶, 啜土器, 食粗糲, 羹藜藿, 雖厮監之養, 無以過其約. 食畢, 顧而言曰; '吾都天下之富, 享天下之貴, 久而厭矣. 今將舉以授汝, 汝其享吾之奉也.' 許由顧而笑曰; '似此富貴, 我未甚愛也.'"

[註] 堯(요): 고대 전설 속의 현명한 제왕, 실은 전설 속의 부계씨족사회(父系氏族社會) 후기 부락연맹의 영수이다. 도당씨(陶唐氏), 이름은 방훈(方勛), 역사에서 당요(唐堯)라 한다. 사악(四岳)에게 자문하여 순(舜)을 뽑아 후계자로 임명하였다.

禪位(선위): 제위(帝位)를 덕과 능력을 갖춘 자에게 양보하는 것을 역사에서는 선양(禪讓)이라 한다.

許由(허유): 요(堯)가 제위를 양도하려 하자 그는 거절하고 기산(箕山)으로 달아나 몸소 농사를 지으며 살았다. 후에 요가 또 구주장관(九州長官)으로 요청하자 영수(潁水) 가에서 귀를 씻었다.

耄勤(모근): 《서경·대우모(書經·大禹謨)》에 <모기권우근(耄期倦于勤: 순임금이 연로하여 정사를 보살피지 못하였다)>이 나온다.

耄(모): 노년. 80에서 90 사이의 나이.

土堦(토계): 흙으로 만든 층계. 흙으로 만든 거처. 낮은 흙집을 말한다.

茅茨(모차): 띠로 이은 지붕.

椽(연): 서까래.

逆旅(역려): 객지살이. 여관.
鉶(형): 고대의 질그릇으로 만든 국그릇.
啜(철): 마시다.
粗糲(조려): 정제하지 않은 현미.
藜藿(여곽): 명아주 잎과 콩잎. 소박한 반찬의 뜻.
厮監(시감): 하인의 거처.
都(도): 모이다. 거느리다.
將擧(장거): 모두 가지다.

□ 번역

堯禪位許由 ― 요임금이 허유에게 선위하려 하다

애자가 말하였다. "요(堯)가 천하를 다스린 지 오래되고 80세에 이르러 지치자 허유(許由)를 불러 그에게 선양하려고 하였다. 허유가 들어가 그를 만나는데, 사는 데가 흙층계가 3자이고 지붕에 인 띠는 손질하지 않았고 캐어온 서까래는 자귀질도 하지 않았다. 비록 나그네살이의 거처라 해도 그보다 누추하지는 않을 것이었다. 허유에게 밥을 먹도록 하는데, 밥은 토기 국그릇에 넣고 마실 것은 토기에 넣었는데 현미밥에다 국은 명아주 잎에 콩잎 탕이었다. 비록 하인들이 먹는 음식이라 해도 그보다 검약하지는 않을 것이었다. 식사를 마치자 요는 (허유를) 돌아보며 말하였다. '나는 천하의 재부(財富)를 모았고 천하의 존귀함을 누리기를 오래도록 하였지만 싫증이 났소. 이제 모두를 가져다 당신에게 줄 테니, 당신은 마땅히 내가 드리는 것을 누리시오.' 허유는 돌아다보며 웃으며 말하였다. '이런 부귀 같은 것을 나는 별로 좋아하지 않습니다.'"

❑ 해제

이 우언은 소동파가 만년에 영남의 혜주(惠州)와 해남도의 담주(儋州)에 유배되었을 때의 초탈한 사상을 반영한 것이다.

요임금이 허유에게 왕위를 물려주려 했으나 허유는 받지 않고 도리어 자신의 귀가 더러워졌다고 영수(潁水)에 가서 귀를 씻고 기산(箕山)에 들어가 은거하였다. 세속과는 접하려 하지 않는 은자를 내세워 애자의 소망을 표현하고 있다.

○鴨搤兔

趙以馬服君之威名, 擢其子括爲將以拒秦, 而適當武
安君白起. 一戰軍破, 掠趙括, 坑其衆四十萬, 邯鄲幾
敗.

艾子聞之曰:“昔人將獵而不識鶻, 買一鳧而去. 原上
兔起, 揚之使擊, 鳧不能飛, 投于地. 又揚之, 投于地.
至三四. 鳧忽蹣跚而人語曰;‘我, 鴨也, 殺而食之, 乃其
分. 奈何加我以提擲之苦乎?’其人曰;‘我謂爾爲鶻, 可
以獵兔耳. 乃鴨耶?’鳧擧掌而示, 笑以言曰;‘看我這脚
手, 可以搤得他兔否?’”

[註] 搤(익): 잡다. 억누르다.
馬服君(마복군): 전국시대 조(趙)나라 조사(趙奢)의 봉호. 이는 마복산(馬
　服山)으로 호(號)를 하였기 때문이다. 마복산은 지금의 하북성 한단시
　(河北省 邯鄲市) 서북쪽에 있는데, 조사를 여기에 장사지내 이름을 얻
　었다. 조사는 조나라의 명장으로 용병을 잘하였다. 조 혜문왕(趙 惠文
　王) 29년(BC 270)에 진(秦)이 조의 알여(閼與: 지금의 산서성山西省 화
　순和順)를 포위하였다. 조왕이 여러 장수를 불러 구원할 수 있는지를
　물었으나, 염파(廉頗), 악승(樂乘)이 모두 길이 멀며 험하고 좁아서 구
　원하기 어렵다고 하였다. 오직 조사만이 장수가 되어 승리하겠다고 하
　여 이듬해 진군을 대파하여 알여의 포위를 풀고 돌아왔다. 조왕이 마복
　군이란 호를 내려, 염파(廉頗), 인상여(藺相如)와 같은 위치가 되었다.
趙括(조괄): ?-BC 260년. 전국시대 조(趙)나라 장군. 마복군 조사(趙奢)의

아들. 또한 마복자(馬服子)라고도 한다. 젊어서 병법을 배워 전쟁 얘기를 잘하여 그의 아버지가 전한 병법을 헛되이 얘기하며 때가 변한 줄을 몰랐다. 조 효성왕(趙 孝成王) 6년(BC 260) 진(秦)과 조(趙)가 장평(長平: 지금의 산서성山西省 고평高平 서북)에서 대치할 때, 조왕이 진의 반간계에 넘어가 그를 염파 대신 장군으로 임명하였다. 도임 후에 굳게 지키는 전략을 바꾸어 대거 출병하자, 진(秦)의 장군 백기(白起)는 거짓 패하여 달아나는 척하며 양 갈래로 기습병을 두었다가 조군을 분단하니, 식량보급로가 40여일이나 끊겼다. 조괄은 예졸을 거느리고 육박전을 하였으나 화살을 맞아 죽고 40여만의 조군이 진에 항복하니 조나라 병졸 40여만이 모두 구덩이에 묻혀 죽음을 당하였다.

白起(백기): 진(秦)나라 명장. <백기벌거(白起伐莒)> 주(註) 참조.

掠(약): 매질하다. [역자 주 - 조괄은 화살을 맞고 죽었는데 매질을 당한 기록은 분명하지 않다.]

邯鄲(한단): 조(趙)나라 수도.

將獵(장렵): 사냥에 쓰다. 將은 以와 같은 용법으로 수단을 나타냄.

鶻(골): 송골매. 길러서 사냥에 쓴다.

鳧(부): 야생오리.

蹣跚(반산): 절뚝거림.

乃其分(내기분): 바로 자기 직분. 乃는 바로, 부사. 分은 직분.

乃鴨耶(내압야): 네가 오리이냐? 乃는 너. 대명사.

這(저): 이.

□ 번역

鴨搦兎 ― 오리에게 토끼를 잡으라니

조(趙)나라는 명장 마복군(馬服君)의 명성 때문에 그의 아들 조괄(趙括)을 발탁하여 장군으로 삼아 진(秦)나라를 막게 하였다. 마침 진나라의 맹장 무안군(武安君) 백기(白起)를 대적하게 되었다. (백기는) 겨우 한 번의 전투로 조나라 군대를 격파하여 조괄을 매질하고 그 무리 40만 명을 구덩이에 넣어 죽였다. 수도 한단(邯鄲)이 거의 함락되게 되었다.

애자(艾子)가 이 일에 대해 듣고 말하였다. "예전에 어떤 사람이 사냥하러 가는데, 송골매가 어떤 것인지 모르고 야생오리 한 마리를 사가지고 갔다. 언덕위에서 토끼가 달려 나오자 야생오리를 날려서 공격하게 하였으나, 야생오리는 날 수가 없어 땅에 떨어졌다. 또 날렸지만 땅에 떨어졌다. 서너 번이나 던졌지만 땅에 떨어졌다. 야생오리가 갑자기 절뚝거리며 그 사람에게 말하기를, '나는 오리일뿐입니다. 죽여서 먹히는 것이 바로 저의 본분입니다. 어째서 나에게 토끼를 잡으라고 던져지는 고통을 더하게 하십니까?' 그 사람은 말하였다. '나는 네가 송골매이므로 토끼를 사냥할 수 있다고 하는 것인데, 네가 오리란 말이냐?' 야생오리가 발바닥을 들어 보이며, 웃으면서 말하였다. '저의 이 다리와 발을 보십시오. 이 발로 저 토끼를 잡을 수 있겠습니까, 없겠습니까?'"

❏ 해제

조왕(趙王)이 진(秦)의 반간계에 넘어가 우둔한 장군을 임명하여 진(秦)에 대항한 것은 나라의 존망이 걸린 큰 사건이다. 여기서 집권자는 인재를 적재적소에 써야 함을 밝히고 있다.

이 우언에서와 같이 오리를 송골매로 알고 토끼를 사냥하게 하면 웃음거리가 되고 말 것이다. 조괄은 자기 본분을 몰랐는데 오리는 자기 본분을 알고 있으니 주인[趙王]의 무모함을 빗대고 있는 것이다.

○木履

有人獻木履于齊宣王者, 無刻斲之迹.
王曰: "其美如此, 豈非生成?"
艾子曰: "鞋楦乃其核也."

[註] 木履(목리): 나막신.
斲(착): 깎다.
鞋楦(혜훤): 신골. 신을 만들 때 쓰는 나무 모형.

□ 번역

木履 — 나막신

 어떤 사람이 제 선왕(齊 宣王)에게 나막신을 바쳤는데, 자귀로 다듬은 흔적이 없었다.
 왕이 말하였다. "그것 참 이렇게 훌륭하다니, 어찌 자연으로 만들어진 것이 아니겠소?"
 애자가 말하였다. "신골이 바로 그 핵심입니다."

□ 해제

 이 우언은 사람이 만든 것은 정교하고 좋지만, 천연으로 만들어진 것을 추구하는 것이 더 훌륭함을 말하고 있다. '美' '生成'

으로 자연적인 것이 훌륭함을 나타내고 있다. 그러나 그것도 신골을 표본으로 해서 만들어졌다고 애자는 말한다.

자연적인 것이 좋다지만 다시 인공이 가해지지 않으면 빛나지 않을 것이므로, 애자는 신골이 핵심이라고 말한 것이다. 신골은 만드는 신발을 늘이기도 줄이기도 하며 만든 신발을 다듬는 역할을 한다. 짧은 글에 조형적인 것과 천연적인 것의 뉘앙스가 느껴진다.

○ 獬豸

齊宣王問艾子曰: "吾聞古有獬豸，何物也?"

艾子對曰: "堯之時，有神獸曰獬豸，處廷中，辨群臣
之邪僻者觸而食之."

艾子對已，復進曰: "使今有此獸，料不乞食矣!"

[註] 獬豸(해치): 전설에 나오는 신수(神獸: 신령한 짐승)의 이름. 옳고 그
름을 분별할 수 있다. 사람들이 다투는 것을 보면, 즉시 뿔로 곧지 않은
자를 받아버렸다고 한다. 그런 까닭으로 고대 법관들이 쓰는 모자를
'해치관(獬豸冠)'이라 하였다.
邪僻(사벽): 사벽(邪辟)과 같다. 간사하고 편벽됨.

☐ 번역

獬豸 — 해치

제 선왕(齊 宣王)이 애자에게 물었다. "내가 듣기로 옛날에
해치(獬豸)가 있었다는데, 어떤 짐승인가?"

애자가 대답하였다. "요(堯)임금 때에 해치라는 신령한 짐승
이 있었는데, 조정 안에 살면서 신하들 가운데 사악하고 편벽
한 자가 있으면 구분해 내어 뿔로 받아서 먹어버렸습니다."

애자가 대답을 마치고는 다시 진언하였다. "만약 지금 이런
짐승이 있다면, 음식을 구걸하려 하지 않으리라 짐작됩니다!"

□ 해제

　소동파가 송(宋) 조정에 가득한 간사한 관료들에 대해 격분하
여 풍자한 우언이다. 그는 해치 같은 신수(神獸)가 출현하여 조
정 안의 간사하고 편벽한 무리들을 먹어치우고 국가의 숨겨진
환부를 도려내기를 갈망하고 있다.

　소동파가 지은 이 우언은 그가 깊이 현실적으로 체험한 것이
다. 해치가 먹을거리가 넘쳐나서 먹으려 들지 않을 것이라고 신
랄하게 자조하고 있다.

　그는 일찍이 <전대조상삼사장(轉對條上三事狀) 2>에서 분하
고 원망스러움을 지적하기를, "본 조정의 이래로 관원들의 어지
러운 폐단은 요즘과 같은 적이 없었습니다.(自本朝以來, 官冗之
弊, 未有如今日者也)."라고 하였다.

○誅有尾

艾子浮于海, 夜泊島嶼中. 夜聞水下有人哭聲, 復若人言, 遂聽之.

其言曰: "昨日龍王有令; '應水族有尾者斬.' 吾鼉也, 故懼誅而哭. 汝蝦蟆無尾, 何哭?"

復聞有言曰: "吾今幸無尾, 但恐更理會蝌蚪時事也."

[註] 鼉(타): 악어.
蝦蟆(하마): 하마(蝦蟆)와 같다. 개구리.
理會(이회): 깨달아 앎. 이해하다.
蝌蚪(과두): 올챙이.

□ 번역

誅有尾 — 꼬리가 있으면 죽이다

애자가 배를 타고 바다에 떠다니다가, 밤에 섬 속에 정박하게 되었다. 밤에 물밑에서 어떤 사람이 곡소리를 내는 것이 들렸다. 다시 사람들이 말하는 것 같아 계속해서 들어보았다.

그들이 말했다. "어제 용왕(龍王)이 명령 내리기를, '응당 물에 사는 족속으로 꼬리가 있으면 모두 죽이겠다.' 하셨대. 나는 악어이기 때문에 베어 죽일까봐 두려워 통곡을 한다만, 너는 개구리라 꼬리가 없는데, 왜 통곡을 하니?"

다시 하는 말이 들렸다. "나는 지금은 다행히 꼬리가 없어졌지만, 다만 다시 올챙잇적 일을 알아낼까봐 두려워서 그래."

□ 해제

이 우언은 송 철종(宋 哲宗) 소성(紹聖) 4년(1097) 2월, 조정에 사형과 유배사건이 벌어졌던 일을 비유하고 있다. 원우(元祐) 연간에 집권했던 31명과 집정자들을 미워하여 머리와 꼬리가 부합한 죄를 다스린다고 하였는데, 용왕의 명이란 그것을 비유하고 있다. 소동파는 이때 멀리 해남도 창화군(海南島 昌化軍)으로 유배되었다. 의인화 방법으로 북송 당시의 민감한 정치 문제를 드러냈는데, 비유가 합당하고 함축적이다.

○龍王問蛙

艾子使于燕, 燕王曰: "吾小國也, 日爲强秦所侵, 征求無已, 吾國貧無以供之, 欲革兵一戰, 又力弱不足以拒敵, 如之何則可? 先生其爲謀之."

艾子曰: "亦有分也."

王曰: "其有說乎?"

艾子曰: "昔有龍王, 逢一蛙於海濱, 相問詢後, 蛙問龍王曰; '王之居處何如?' 王曰; '珠宮貝闕, 翬飛璇題.' 龍復問; '汝之居處何若?' 蛙曰; '綠苔碧草, 淸泉白石.' 復問曰; '王之喜怒如何?' 龍曰; '吾喜則時降膏澤, 使五穀豊稔, 怒則先之以暴風, 次之以震霆, 繼之以飛電, 使千里之內, 寸草不留.' 龍謂蛙曰; '汝之喜怒何如?' 曰; '吾之喜則淸風明月, 一部鼓吹, 怒則先之以努眼, 次之以腹脹, 然後至于脹過而休.'"

于是燕王有慚色.

[註] 爲(위)…所(소)…: …에게 …되다.
征(정): 탈취하다.
革兵(혁병): 전쟁에 대비하다. 革은 경계하여 대비하다의 뜻. 兵은 전쟁.
分(분): 분수. 명분. 생각.
問詢(문순): 임금이 백성에게 물어봄.

珠宮貝闕(주궁패궐): 진주와 보배조개로 지은 궁궐.

翬(휘): 훨훨 날다.

璇題(선제): 아름다운 옥에 새긴 제액(題額: 문미門楣나 편액扁額에 쓴 글씨).

膏澤(고택): 촉촉이 적시다.

豊稔(풍임): 곡식이 풍성하게 무르익음.

震霆(진정): 벼락.

鼓吹(고취): 북치고 피리 붐. 기악합주. 여기서는 개구리 울음소리를 가리킴.

努眼(노안): 화가 나서 눈알을 부라림. 눈알이 튀어나옴.

□ 번역

龍王問蛙 — 용왕이 개구리에게 묻다

애자가 연(燕)나라에 사신으로 나갔는데 연왕(燕王)이 말하였다. "우리는 작은 나라여서, 날마다 강한 진(秦)나라에게 침략을 받아, 탈취하여 요구하는 게 끝이 없습니다. 우리나라는 가난하여 바칠 것이 없습니다. 한번 전쟁에 대비하고 그들과 한번 전쟁을 하고 싶지만, 또한 힘이 약하여 적에 대항할 수가 없으니, 어찌하면 좋겠습니까? 선생은 그에 대한 계책을 세워주십시오."

애자가 대답하였다. "다만 분수가 있겠지요."

왕이 물었다. "그게 무슨 말인가요?"

애자가 설명하였다. "옛날에 어떤 용왕이 있었는데 해변에서 한 개구리를 만났습니다. 서로 안부를 물어본 후에, 개구리가 용왕에게 물었지요. '용왕께서 사시는 데는 어떻습니까?' 왕이 대답했지요. '진주와 보배조개로 지은 궁궐에는 날아갈 듯한 처마에 아름다운 옥에 새긴 제액이 있지.' 용왕이 다시 물었습니다. '네가 사는 데는 어떠하냐?' 개구리가 말했습니다. '파란 이끼와 푸른 풀, 또 맑은 샘과 흰 돌이 있습니다.' 개구리가 또 물었습니다. '왕께서 기쁘시거나 화가 나시면 어떻게 하십니까?' 용왕이 대답했습니다. '나는 기쁘면 때에 맞게 축축한 비를 내려 오곡을 풍년 들게 하지. 화가 나면 먼저 폭풍을 치고 다음에는 벼락을 치며 계속해서 번개를 쳐서 천리 안에는 한 치의 풀도 남기지 않게 하지.' 용왕이 개구리에게 물었습니다. '너는 기쁘거나 화가 나면 어떻게 하느냐?' 개구리가 대답했습니다. '저는 기쁘면, 맑은 바람과 밝은 달이 흐르는 밤에 한 곡조 음악을 연주합니다. 화가 나면 먼저 눈알을 부라리고 다음에는 배를 부풀리며, 그러고 나서 배의 부풀림이 빠지면 멈춥니다.'"

이에 연왕은 부끄러운 빛을 띠었다.

❏ **해제**

연왕의 물음에 애자는 한 개의 비유로 대답하였다. 그러자 연왕은 얼굴에 부끄러운 빛을 띠었다.

애자가 말한 고사(故事)는 무슨 의미인가? 탈취하고 요구하는 강한 진(秦)에 어찌 해볼 수 없는 연왕에게 있어 인내가 최선이다. 스스로 해소할 수밖에 없다.

사실 용왕은 권귀(權貴)의 대표이고, 개구리는 힘없는 문인(文人)의 표상이다. 용왕은 희로(喜怒)를 대외에 단비를 내리는가 하면 우레를 발휘할 수 있지만, 개구리는 기껏해야 희로에 따라 뱃속에 바람을 넣어 부풀렸다가 내놓아 소리를 내거나, 바람을 빼는 정도인 것이다.

연왕은 용왕의 지위에 있다고 할 수 있는데, 개구리와 비교하면 막강한 힘이 있으니 부끄러울 수밖에 없는 것이다.

○ 齊王擇婿

　齊王于女, 凡選婿必擇美少年, 顏長而白晳, 雖中無
所有, 而外狀稍優者必取之. 齊國之法, 民爲王婿, 則禁
與士人往還, 唯奉朝請外, 享美服眞珠, 與優伶爲伍, 但
能奉其王女, 則爲效矣.
　一日, 諸婿退朝, 相敍而行, 傲然自得. 艾子顧謂人
曰: "齊國之安危重輕, 豈不盡在此數公乎!"

[註] 白晳(백석): 피부가 곱고 희다.

稍(초): 자못.

士人(사인): 벼슬하지 않은 선비.

朝請(조청): 제후가 황제를 알현하다. 봄에 하는 것을 '朝', 가을에 하는
　것을 '請'이라 한다.

優伶(우령): 고대에 음악과 춤을 추는 광대.

爲效(위효): 쓸모 있게 여기다.

自得(자득): 스스로 흡족하게 여기다.

□ 번역

齊王擇婿 — 제나라 왕이 사위를 고름

　제(齊王)나라 왕이 자기 딸에 대하여 보통 사위를 뽑을 적에
는 반드시 미모를 갖춘 젊은이를 고르면서, 얼굴이 길고 살갗

이 희어야 하였다. 비록 속에 든 것이 없어도 겉모습이 자못 뛰어난 자를 반드시 구하였다. 제나라의 법으로는 백성으로 왕의 사위가 되면 일반 선비들과는 왕래를 금하였다. 오직 군왕을 알현하는 외에, 화려한 복장과 진주로 된 패물을 누리고 광대들과도 어울릴 수가 있다. 다만 그의 왕녀(王女)를 받들 수만 있으면, 쓸모가 있다고 여겼다.

하루는 여러 사위들이 조정에서 물러나오며 서로 이야기하고 가면서, 거만한 모습으로 스스로 우쭐거리며 뽐내었다. 애자가 돌아보고는 사람들에게 말하였다. "제나라 안위의 경중이, 어찌 여기 몇몇 사람들에게 죄다 있는 게 아니겠소!"

☐ 해제

속은 텅 비어 지닌 것이 없어도 외모가 뛰어나고 피부가 희게 보이면 임금의 사위로 선택된다. 그들이 조정에서 거만하게 권세를 부리고 농락하면, 국가가 기울지 않는 경우는 드물 것이다.

애자가 평한 두 마디는 천근과 같이 무겁다. 그러나 역사상 외척을 중요시하지 않은 군주는 드물었다.

가령 군주나 황제가 다만 겉모습만 중시하고 내면을 중시하지 않고 '자기 왕녀'를 받들 수 있는지 여부만 중시하여, 먹고 마시고 즐기면서 타락한 생활을 누리게 한다면, 그 나라가 장차 끝장나지 않겠는가?

○ 愚子

齊有富人, 家累千金. 其二子甚愚, 其父又不敎之.

一日, 艾子謂其父曰: "君之子雖美, 而不通世務, 他日曷能克其家?"

父怒曰: "君之子敏, 而且恃多能, 豈有不通世務耶?"

艾子曰: "不須試之他, 但問君之子所食者米從何來. 若知之, 吾當妄言之罪."

父遂呼其子問之. 其子嘻然笑曰: "吾豈不知此也! 每以布囊取來."

其父愀然而改容曰: "子之愚甚也! 彼米不是田中來?"

艾子曰: "非其父不生其子."

[註] 累(누): 쌓다.

曷(갈): 어찌.

克家(극가): 집안을 다스리다.

恃(시): 믿다.

不須(불수): …할 필요가 없다. 須는 '필요로 하다'는 조동사.

嘻然(희연): 기뻐하는 모양.

布囊(포낭): 베로 만든 주머니.

愀然(초연): 수심에 잠긴 모양.

愚子 — 어리석은 아들

제(齊)나라에 한 부자가 있었는데, 집안에 천금을 쌓아놓았다. 그의 둘째 아들은 매우 어리석었지만 그 아버지도 또한 그를 가르치지 않았다.

하루는 애자가 그 아버지에게 말하였다. "당신의 아들은 비록 잘생겼지만, 세상살이의 온갖 잡무에 통달하지 못하니, 훗날 어떻게 자기 집안을 다스릴 수 있겠소?"

아버지가 성을 내며 말하였다. "당신은 내 아들이 똑똑하고 더구나 여러 가지로 능력이 있음을 믿으십시오. 어찌 세상살이의 잡무에 통달하지 못하겠습니까?"

애자가 말하였다. "달리 그를 시험해볼 필요는 없고, 다만 당신의 아들에게 먹는 쌀이 어떻게 나왔는지 물어보십시오. 만약 그걸 알면, 나는 망언한 잘못을 책임지도록 하지요."

아버지는 드디어 자기 아들을 불러다 그렇게 물어보았다. 그 아들은 히죽 웃으며 말하였다. "내가 어찌 이 따위를 모르겠습니까? 항상 베 포대기에 싸서 나오지요."

그 아버지는 이 말을 듣고는 수심에 잠겨 얼굴빛을 바꾸고는 말하였다. "네가 너무나 어리석구나! 그 쌀은 밭에서 가져오는 게 아니냐?"

애자가 말하였다. "그 아버지가 아니면 그런 자식을 낳을 수 없는 거지."

❏ 해제

이 우언은 가르치지 않은 결과를 풍자하고 있다. 부자들이 사지를 움직이지 않아 곡식을 분간하지 못하는 사회현상을 가리키고 있다. 어리석은 아들과 아버지 모두 쌀이 농민의 노동에 의하여 밭에서 생산된 것을 모르고 있는 것이다.

그들 부자(父子)는 각기 "쌀이 베 포대기에 싸서 가지고 온다.(以布囊取來)" "그 쌀은 밭 가운데에서 가져온다.(彼米田中來)"고 하였다.

역사 사료에 의하면, 이 우언은 북송의 간사한 재상 채경(蔡京)의 일화에서 나온 것이다.

"채경의 여러 손자들은 호화롭게 자라서 곡식의 수확을 알지 못하였다. 하루는 채경이 그들에게 물었다. '너희들은 날마다 밥을 먹는데, 시험 삼아 물어보겠는데, 쌀은 어디서 나오느냐?' 그 하나가 재빨리 대답하기를, '맷돌에서 나오지요.' 하였다. 채경이 크게 웃자 곁에 있던 아이가 대답하였다. '아니지요. 나는 돗자리에서 나오는 걸 보았습니다.' 아마 채경이 쌀을 운반할 때 돗자리 포대에 담았기 때문에 말하였을 것이다."[송(宋) 증민행(曾敏行),《독성잡지(獨醒雜志)》]

○ 蝦三德

艾子一夕夢一丈夫, 衣冠甚偉, 謂艾子曰: "吾東海龍王也, 凡龍之産兒女, 各與江海爲婚姻, 然龍性甚暴, 又以其類同, 少相下者. 吾有少女, 甚愛之, 其性尤戾, 若吾女更與龍爲匹, 必無安諧. 欲求耐事而易制者, 不可得. 子多智, 故來請問, 姑爲我謀之."

艾子曰: "王雖龍, 亦水族也, 求婚, 亦須水族."

王曰: "然."

艾子曰: "若取魚, 彼多貪餌, 爲釣者獲之, 又無手足; 若取黿鼉, 其狀醜惡; 唯蝦可也."

王曰: "無乃太卑乎?"

艾子曰: "蝦有三德; 一無肚腸, 二割之無血, 三頭上帶得不潔. 是所以爲王婿也."

王曰: "善."

[註] 戾(여): 사나움.

爲(위)···獲(획): 잡히다. 爲는 피동태의 조동사.

黿鼉(원타): 자라와 악어.

無乃(무내): 아마도 ···이 아니다. ···이 아닌가.

□ 번역

蝦三德 ― 새우의 세 가지 덕

애자가 어느 날 밤에 한 장부(丈夫)의 꿈을 꾸었는데 의관을 차린 모습이 매우 위엄이 있었다. 그가 애자에게 말하였다. "나는 동해의 용왕이요. 대체로 용이 낳은 아들과 딸은 각각 강과 바다에서 서식하는 자들과 혼인을 맺지요. 그러나 용의 성질은 매우 포악한데 또한 같은 부류이므로 서로 아래로 뒤처지려 하지 않지요. 나에게 어린 딸이 있어 매우 사랑스럽지만, 그녀의 성질도 매우 사나워, 만약 내 딸을 다시 용에게 주어 배필이 되면, 반드시 편안히 화합하지 못할 것이오. 그래서 나는 일마다 참아내며 다루기 쉬운 짝을 구하고 싶은데 얻지 못하고 있소. 그대는 지혜가 많다 하기에 일부러 찾아와 청하여 묻는 것이니, 잠시 나를 위하여 계책을 내어 주시오."

애자가 말하였다. "왕께서 비록 용이라 하시지만, 역시 수족(水族)이니 혼처를 찾으려면, 역시 반드시 수족이어야겠지요."

왕이 말하였다. "그렇지요."

애자가 말하였다. "만약 물고기를 짝으로 맞아들이면, 그는 낚싯밥을 탐내다가 물고기를 낚는 사람에게 잡히게 되고 게다가 손발도 없습니다. 만약 자라와 악어를 맞아들이면, 그 외모가 추악합니다. 오직 새우라야 좋겠습니다."

왕이 말하기를, "너무 비천하지 않습니까?" 하였다.

애자가 말하였다. "새우는 세 가지 덕(德)을 가지고 있습니다. 첫째 밥통과 창자가 없고, 둘째 잘려도 피가 나오지 않습니다. 셋째 머리 위에 불결한 것도 두를 수 있거든요. 이러니

왕의 사위로 삼으라 하는 것입니다."

왕이 말하였다. "좋군요."

☐ 해제

애자는 어째서 비천한 새우가 용왕에게 사위로 갈 만하다고
추천하였는가?

새우의 삼덕(三德: 一無肚腸, 二割之無血, 三頭上帶得不潔)이 바
로 용왕이 찾고 있는 모든 일을 참아내며 다루기 쉬운 수족(水
族)이기 때문이다.

용은 포악하여 같은 무리끼리도 포악한 짓을 하는데, 성질이
사나운 딸을 같은 용에게 시집보내면, 영원히 평안한 날이 없어
견딜 수가 없을 것이다. 그러니 밥통도 창자도 없으니 굶주림도
견딜 것이며, 칼로 잘라도 피가 나지 않으며, 머리 위에 불결한
것을 뒤집어쓰니 쉽게 머리를 숙일 수 있기에, 새우가 적합한
대상인 것이다. 용왕도 애자의 말을 듣고 만족하여 "좋군요."라
고 하였다.

이 우언에서 용왕은 당시 조정의 황제와 황족을 가리킨 것이
므로 예리한 칼날을 들이댄 것이 아닐 수 없다.

○騷雅大儒

艾子好爲詩. 一日, 行齊·魏間, 宿逆旅. 夜聞隣房人言曰: “一首也.” 少間曰: “又一首也.” 比曉六, 七首. 艾子意其必詩人, 淸夜吟咏, 兼愛其敏思. 凌晨, 冠帶候謁.

少頃, 一人出, 乃商賈也, 危羸若有疾者. 艾子深感之, 豈有是人而能詩乎? 抑又不可臆度. 遂問曰: “聞足下篇什甚多, 敢乞一覽.” 其人曰: “某負販也, 安知詩爲何物?” 再三拒之.

艾子曰: “昨夜聞君房中自鳴曰; ‘一首也’須臾, 又曰; ‘一首也’, 豈非詩乎?” 其人笑言: “君誤矣. 昨日, 偶服疾暴下, 夜黑尋紙不及, 因汚其手, 疾勢不止, 殆六, 七汚手, 其言 一首非詩也.”

艾子有慚色. 門人因戲之曰: “先生求騷雅, 乃是大儒!”

[註] 騷雅(소아): <초사(楚辭)>와 《시경(詩經)》을 가리킨다. 여기서는 좋은 시인을 가리킨다. <초사>에 굴원(屈原)이 지은 시가 이소경(離騷經)이고, <대아(大雅)>, <소아(小雅)>는 《시경》의 편명이다.

騷雅大儒(소아대유): 시인과 학식이 높은 선비를 말한다.

逆旅(역려): 여관(旅館). 逆은 '맞이하다'의 뜻.

比(비): 이르다.

凌晨(능신): 새벽이 임박하다.

乃(내): 바로.

危羸(위리): 위급하게 야윔.

足下(족하): 윗사람이나 같은 또래에게 쓰는 경칭.

篇什(편십): 시편(詩篇), 시 10개 묶음.

自鳴(자명): 스스로 표현함.

須臾(수유): 잠깐 사이.

暴下(포하): 세차게 설사하다.

乃是(내시): 바로 …이다.

□ 번역

騷雅大儒 — 시인과 큰 선비

애자는 시 짓기를 좋아하였다. 하루는 제(齊)와 위(魏) 사이를 여행하다가 여관에서 자게 되었다. 밤에 옆방 손님이 말하는 것을 들으니, "한 수(首: 시문詩文의 단위)구나." 조금 있다가 말했다. "또 한 수로구나." 새벽에 이르도록 6, 7수(首)가되었다. 애자는 생각하기를, '그는 반드시 시인일 테니, 맑게 갠 밤에 시를 읊으며 자신의 뛰어난 시상을 겸하여 사랑했을 것이라.'고 여겼다. 애자는 새벽이 다가오자 갓을 쓰고 띠를 매고는 인사하고 뵈려고 하였다.

조금 있으니 한 사람이 나오는데 보아하니 장사꾼으로, 매우 여위어서 병든 사람 같았다. 애자는 깊이 감동하기를, 어찌이런 사람이 시(詩)를 지을 수 있었을까? 혹시 또 헤아리지 못할 수도 있기에 드디어 그에게 물었다. "듣건대, 당신은 시편이 매우 많을 텐데, 감히 한번 보고 싶습니다." 그 사람이 말하기를, "저는 등짐장수인데, 어찌 시(詩)가 무엇인지 알겠습니까?"하고 두세 번 거절하였다.

애자가 말하였다. "어젯밤에 당신이 방안에서 혼잣말로 말하기를, '한 수(首)로구나.' 잠깐 있다가 말하기를, '또 한 수로구나' 하였으니, 어찌 시를 지은 게 아니겠소이까?" 그 사람은 웃으며 말하였다. "당신이 오해한 겁니다. 어제 우연히 복통으로 세차게 설사[시屎. 똥]를 하는데, 밤이 캄캄해서 종이를 찾지 못하여 제 손으로 오물처리를 해도 증세가 그치지를 않아, 거의 6, 7번을 손[手]으로 오물처리를 했기 때문에, 그 '일수(一首)'라고 한 말은 시가 아닙니다."

애자는 부끄러운 안색이 되었다. 제자들은 그래서 장난삼아 말하였다. "선생은 좋은 시를 구하시더니 정말로 대유(大儒: 큰 선비=大愚: 큰 어리석은 이)를 만나셨다니까."

❑ 해제

이 우언은 한자의 '일음다자(一音多字)' 현상을 운용하고 있는데 그런 뜻을 가진 글자 세 개가 보인다. 즉 시(詩)와 시(屎: 똥-점잖은 문인이라 표현을 생략하였다)가 같은 음, 수(首)와 수(手: 손)가 같은 음이며, 비슷한 음으로 대유(大儒)와 대우(大愚)가 그것이다. 장사꾼은 시가 뭔지 모른다고 했으니 시(詩)에 대하여 대우(大愚)인 셈이다.

이 우언에서 엿볼 수 있는 것은, 세상이 타락하여 사문(斯文: 유학儒學)이 쇠락해져, 독서하고 시 짓는 일이 모두 멸시되는 즈음에 시 짓기를 좋아하는 애자가 봉변을 당한 것이다. 봉건조정의 우민정책(愚民政策)이 심각한 결과에 미치고 있음을 예리하게 풍자하고 있다.

소동파의 《애자잡설(艾子雜說)》 <자평문(自評文)>에 말하기를, '비록 장난삼아 웃거나 화내고 욕하는 말이라 할지라도, 모두 지어서 외울 만하다.(雖嬉笑怒罵之辭, 皆可書而誦之.)'라고 하였는데, 이것을 말한 것이다.

○季氏入獄

齊宣王時, 人有死而生, 能言陰府間言. 乃云: "方在
陰府之時, 見閻羅王詰責一貴人, 曰; '汝何得罪之多也?'
因問曰; '何人也?' '魯正卿季氏也.' 其貴人再三不服,
曰; '無罪.' 閻王曰; '某年齊人侵境, 汝只遣萬人往應
之, 皆曰; 多寡不敵, 必無功. 豈徒無功, 必枉害人之命.
汝愎而不從, 是以齊兵衆, 萬人皆死. 又某年某日飢, 汝
蔽君之聰明而不言, 遂不發廩, 因此死數萬人. 又汝爲
人相, 職在燮理陰陽, 汝爲政乖戾, 多致水旱, 歲之民被
其害, 此皆汝之罪也.' 其貴人叩頭乃服. 王曰; '可付阿
鼻獄!' 乃有牛頭人數輩執之而去."

艾子聞之, 太息不已. 門人問曰: "先生與季氏有舊耶?
何嘆也?" 艾子曰: "我非嘆季氏也, 蓋嘆閻羅王也!" 門
人曰: "何謂也?" 曰: "自此安得獄空耶?"

[註] 季氏(계씨): 계손씨. 춘추시대 후기 노(魯)나라의 정권을 장악했던
　　귀족. 노 환공(魯 桓公)의 작은아들 계우(季友)의 후예.
正卿(정경): 전국시대 작위(爵位)의 칭호로 상경(上卿). 전국시대 작위에
　　는 상경(上卿), 아경(亞卿) 등이 있고 국권(國權)과 군권(軍權)을 장악하
　　였다.
愎(퍅): 성질이 까다롭고 고집이 세다.
廩(늠): 쌀을 저장하는 창고.

燮理(섭리): 재상이 정치를 잘함.
乖戾(괴려): 사리에 어그러지다.
阿鼻獄(아비옥): 아비는 범어로 Avici의 음역. 고통이 끊이지 않음의 뜻.
  아비옥은 팔대(八大)지옥 중의 맨 아래에 있으며 가장 고통스러운 곳.

□ 번역

季氏入獄 — 계씨가 지옥에 들어가다

　제 선왕(齊 宣王) 때에 어떤 사람이 죽었다가 살아나 음부(陰府: 저승)에서 있었던 이야기를 할 수 있다고 하였다. 이에 그는 말하였다. "내가 저승에 있을 때 마침 염라대왕이 한 귀인(貴人)을 꾸짖는 것을 보았다네. '너는 어찌 이리도 많은 죄를 지었느냐?' 그리고 그에게 묻더군. '너는 어떤 사람이냐?' '노(魯)나라 정경(正卿) 계씨(季氏)입니다.' 그 귀인은 두세 번을 불복하며 말하였다. '저는 아무 죄도 짓지 않았습니다.' 염라대왕이 말했다네. '아무 해에 제나라 사람들이 국경을 침범하자, 너는 단지 만 명만을 파견하여 가서 대응하게 했다. 모두가 너에게 말했었다. '중과부적으로 반드시 공을 세울 수 없을 것입니다. 어찌 그저 공만 세울 수 없는 게 아니라, 우리 노나라 사람들의 생명을 억울하게 해치게 될 것입니다.' 너는 고집을 부리며 따르지 않아, 이 때문에 제나라 군사가 많으므로 파견한 우리 군사는 만 명이나 모두 죽었느니라. 또 아무 해 아무 때 기근이 닥쳤을 때 너는 임금의 총명을 가려 바르게 말하지 않더니, 마침내 때맞춰 창고의 식량을 방출하지 않아, 이 때문에 죽은 자가 수만 명이니라. 또 네가 사람들의 재상이 되어 직책이 음양에 맞춰 잘 정치를 하여야 하는데, 너는 정치를 어긋나게 하여 홍수와 가뭄이 많이 닥쳐 그런 해에 백성들이 그 피해를 입었다. 이런 것은 모두 너의 죄이니라.' 그제서야 그 귀인(貴人)은 머리를 조아리며, 곧 죄를 승복하였다. 염라대왕이 '아비옥(阿鼻獄)에 넘기는 게 마땅하다.'하니 곧 우두인(牛頭人: 저승의 옥졸) 몇 무리가 붙잡아 가버렸네." 라고 하였다.

애자가 듣고서 한숨을 쉬어 마지않았다. 문인이 물었다. "선생님과 그 계씨(季氏)는 오랜 교분이 있습니까? 어찌하여 탄식하십니까?" 애자가 말하였다. "나는 계씨를 탄식하는 것이 아니다. 바로 염라대왕을 한탄하는 것이다." 문인이, "무슨 말씀이십니까?"라고 하니, 애자는 대답하였다. "이제부터 어찌 옥(獄)이 빌 수 있겠는가?"

❑ 해제

"이제부터 어찌 옥이 빌 수 있겠는가?(自此安得獄空耶?)" 이 말이 이 우언의 핵심이다.

인간세계에는 전쟁 범죄와 전권을 휘둘러 백성을 학대하는 관료들의 암흑통치가 두루 퍼져 있는데, 염라대왕의 재판을 받으면 저승의 감옥이 넘쳐날 것이기에 애자는 한숨을 쉴 수밖에 없는 것이다.

죽었다가 살아난 사람의 입을 빌려 이 세상의 암울한 현상을 우언으로 표현하였다.

○秦士好古

秦士有好古者. 一日, 有携敗席造門者, 曰:"魯哀公
命席以問孔子, 此孔子席也!"秦士大喜, 易以負郭之田.
又有携枯竹杖者, 曰:"太王避狄去邠所操之棰也! 先
孔子數百年矣."秦士罄家之財, 悉與之.
又有持漆碗至者, 曰:"席, 杖皆周物, 未爲古也. 此碗
乃紂作漆器時所爲."秦士愈以爲古, 遂虛所居宅而與之.
三器得而田宅資用盡去矣. 好古之篤, 終不舍三物.
于是披哀公之席, 托紂之碗, 持去邠之杖, 丐于市, 曰:
"衣食父母, 有太公九府錢, 乞一文."

[註] 好古(호고): 골동품을 좋아하다.
造門(조문): 집 문에 찾아가다. 造는 가다.
魯哀公(노애공): 춘추시대 말 노나라 임금, 재위 BC 494-BC 467년.
命席(명석): 돗자리에 앉으라고 명하다.
負郭之田(부곽지전): 성곽 부근의 토지. 負는 등지다. 郭은 外城.
太王(태왕): 주 문왕(周 文王)의 할아버지인 고공단보(古公亶父). 처음에
　　고공단보가 빈(邠: 지금의 섬서성陝西省 순읍현旬邑縣 서남)에 살았는
　　데 적인(狄人: 북방 오랑캐)이 침입하자 기산(岐山: 지금의 섬서성 기산
　　현 동북)으로 옮기니 빈인(邠人)들이 따라 살아 비로소 국호를 주(周)라
　　고 고쳤다.
操(조): 손에 쥐다.
棰(추): 몽둥이. 여기서는 지팡이의 뜻.

罄(경): 텅 비다.

悉(실): 모두.

紂(주): 고대 중국 은(殷)나라의 마지막 왕. 폭정을 하여 주 무왕(周 武王)
이 정벌하였다.

披(피): 걸치다.

丐(개): 비럭질하다. 빌다.

九府(구부): 주(周)대에 화폐를 관장하던 아홉 개의 관(官). 즉 대부(大府),
왕부(王府), 내부(內府), 외부(外府), 천부(泉府), 천부(天府), 직내(職
內), 직금(職金), 직폐(職幣).

❑ 번역

秦士好古 ― 골동품을 좋아한 진나라 선비

진(秦)나라 선비로 골동품을 매우 좋아하는 사람이 있었다.
하루는 어떤 해진 돗자리를 가진 자가 그 집을 찾아가 말하
였다. "옛날에 노 애공(魯 哀公)이 공자(孔子)에게 돗자리에 앉
으라고 명하고 정치에 대해 물었는데, 이것이 공자가 깔았던
돗자리요!" 진나라 선비는 크게 기뻐하며 성곽 가까이 있는 밭
과 바꾸었다.

또 마른 대지팡이를 가진 자가 그에게 말하였다. "이것은
주 태왕(周 太王)이 적인(狄人)을 피해 빈(邠)을 떠날 때에 손
에 들었던 지팡이라니까요! 공자보다 수백 년은 앞서지요." 진
나라 선비는 가재(家財)를 털어서 모두 그에게 주었다.

또 칠기(漆器)를 가지고 온 자가 그에게 말하였다. "돗자리
나 대지팡이는 모두 주대(周代)의 물건들이지만, 옛 골동품이

라 하지 못하지요. 이 그릇은 바로 은나라 주왕(紂王)이 칠기를 만들 때에 만든 것이라오." 진나라 선비는 더욱 오래된 것이라고 여겨, 사는 집을 비워서 그에게 주었다.

드디어 세 가지 기물을 얻었지만 밭과 집이며 재산을 죄다 없애고 말았다. 그러나 옛것을 도탑게 좋아하여 끝내 세 가지 물건을 버리지 못하였다. 이리하여 애공(哀公)의 돗자리를 어깨에 걸치고, 주왕(紂王) 대의 그릇을 들고, 빈(邠)의 지팡이를 가지고 떠나 저자에서 구걸하며 말하였다. "저를 입히고 먹이시는 부모님들, 태공(太公)의 구부전(九府錢)이 있으면 한푼 줍쇼!"

❏ 해제

골동품은 100년 이상 된 유서 깊은 서화나 각종 기물로서 희소적·미술적 가치를 지니고 애완되는 것을 말한다. 중국의 골동품 수집 취미는 소동파를 비롯한 북송 문인들 사이에서 시작되어 명·청 시대에 걸쳐 크게 유행하였다.

이 우언은 북송 때 당시 유행했던 골동품 열기를 소동파가 기록한 창작이다.

진나라 선비는 동냥하면서도 옛 동전인 구부전(九府錢) 한푼을 애걸하고 있다. 진정 옛것을 좋아하는 것이 아니라, 옛날 이름이 붙은 것을 모으는 것에 집착하는 선비를 풍자하고 있다.

3.

운문 우언

[시(詩)]

○ 雪泥鴻爪 — 눈 진흙의 기러기 발자국

人生到處知何似?	인생 가는 곳 무엇과 같은지 아는가?
應似飛鴻踏雪泥.	응당 날아가는 기러기 눈 진흙 밟는 것 같겠지.
泥上偶然留指爪,	진흙 위에 우연히 남긴 발자국에
鴻飛那復計東西.	기러기 날아가며 어찌 동서의 방향을 헤아리겠는가.

[註] 雪泥鴻爪(설니홍조): 눈 진흙의 기러기 발자국. 이 우언 시는 <화자
유민지회구(和子由澠池懷舊: 자유子由의 민지澠池에서 옛일을 회상하
며의 시에 화답함)>에 나온다. 소동파가 26세 때인 가우 6년(1061) 11
월에 정주(鄭州)에서 동생 자유(子由: 소철蘇轍)와 헤어져 봉상첨판(鳳
翔簽判)으로 부임하던 때이다. 이 시 4구는 인생철리를 담은 명시구로
회자된다. '설니홍조'는 성어가 되었다.
鴻(홍): 큰 기러기.

❏ 해제

　'설니홍조(雪泥鴻爪)'는 소동파의 명구로 유명하여 우리나라
학자들의 문집에도 많이 인용되었다.

인생이 가는 길은 눈 위에 남긴 기러기 발자국처럼 흔적만 남기는 불확실성이다. 눈 진흙이 녹으면 자국은 사라지고 만다. 기러기는 남북을 오가지만 또한 발자국에서 동으로 갈는지 서로 갈는지 자신도 모른다. 인생도 마찬가지이다. 사람의 삶도 자기가 향하고 싶은 데로 진행되지 않는다. '눈 진흙 위의 기러기 발자국'을 남기는 삶을 살고 있다고 느껴지는가.

○ 魚 ― 물고기

湖上移魚子,	호수 위로 떠다니는 물고기 새끼들,
初生不畏人.	처음 태어나서는 사람을 두려워 않았네.
自從識鈎餌,	한번 낚싯바늘과 미끼를 알고서부터,
欲見更無因.	보려고 해도 다시는 볼 인연이 없구나.

[註] <차운자유기하시(次韻子由岐下詩) 제8수>에 보인다. 송 인종(宋 仁宗) 가우(嘉祐) 6년(1061)에 지었다.

魚子(어자): 물고기 새끼.

自從(자종): …에서부터.

鈎餌(구이): 낚싯바늘과 미끼.

更(갱): 다시.

因(인): 인연.

□ **해제**

　이 우언 시는 소동파가 막 벼슬길에 나서서 대리평사(大理評事) 봉상부첨판(鳳翔府簽判)으로 재직하고 있을 때 지었다. 동파는 천진한 물고기 새끼가 하루아침에 미끼에 속는 것을 보고, 이상과 현실간의 괴리를 느꼈다. 호방하면서도 유약한 감정을 표현한 시기의 시라고 할 수 있다.

　봉상부에 근무한 시기는 3년간(26~29세)으로, 이후 차츰 국사 방면에 심혈을 기울이게 바뀌었다.

○長鬣人 — 긴 수염 노인

譬如長鬣人,	긴 갈기 같은 수염의 노인
不以長爲苦.	길다고 괴로워 않았네.
一旦或人問,	하루아침은 어떤 사람이 묻기를,
每睡安所措.	"늘 주무실 때는 어디다 놔두시는지요?"
歸來被上下,	돌아와 이불 위에 놨다 아래에 놨다 하며
一夜無著處.	온밤을 둘 데가 없었네.
展轉遂達晨,	이리저리 뒤척이다 드디어 새벽이 되어
意欲盡鑷去.	죄다 뽑아버리고 싶은 생각이 들었네.
此言雖鄙淺,	이 말 비록 별것 아니라 해도
故自有深趣.	원래 저절로 깊은 멋이 있네.

[註] 長鬣人(장렵인): 긴 수염을 가진 노인. 鬣은 짐승의 목 위에 난 긴 털, 즉 갈기. 여기서는 수염을 가리킴. <서초산륜장로벽(書焦山綸長老壁)>에서 뽑은 것으로 희녕 7년(1074)에 지은 것이다.

或人(혹인): 어떤 사람.

安所措(안소조): 어디다 놔둘 건가? 措는 두다.

被上下(피상하): 이불의 바깥과 안.

著(착): 놔둠. 著은 着의 원자.

鑷(섭): 족집게. 여기서는 뽑다는 동사로 쓰였다.

故(고): 본래.

□ 해제

소식은 선(禪)으로 시 짓기를 즐겼다. 사람의 긴 수염은 자연에 속한 것이다. 얼굴에 붙은 대로 지녔는데, 남이 '잠잘 때 어디다 두느냐'는 물음 때문에 노인이 하루아침에 마음에 귀신이 들었는지 긴 수염을 둘 데 없어 곤란에 빠진 것이다.

긴 수염은 별것 아닌 것 같지만 깊은 멋이 있다고 하였다.

○ 二虫 — 소금쟁이와 메추라기

君不見:	그대는 보지 못했는가.
水馬兒, 步步逆流水,	소금쟁이가 걸음마다 물을 거스르는 것을,
大江東流日千里,	큰 강은 동으로 흘러 하루에 천리 가는데,
此虫趯趯長在此.	이 벌레 펄쩍거리며 오래도록 그 자리에 있네.
君不見:	그대는 보지 못했는가.
鷃濫堆, 決起隨冲風,	메추라기가 거센 바람 따라 급히 치솟는 것을,
隨風一去宿何許?	바람 따라 한번 가면 어디쯤 머물던가?
逆風還落蓬蒿中.	역풍에 다시 잡초 속에 떨어지네.
二虫愚智俱莫測,	두 벌레 어느 게 어리석고 어느 게 지혜로운지 모두 헤아리지 못하니,
江邊一笑無人識.	강가에서 한바탕 웃으니 아는 이 없네.

[註] 원풍 5년(1082) 황주(黃州) 적거 때에 지었다.

水馬兒(수마아): 물에 사는 곤충 이름. 소금쟁이. Aquarius paludum. 몸길이 15mm 이내이고 몸빛은 검은색으로 발은 길고 끝에 털이 있어서 물 위를 걸어 다니며 팔딱팔딱 뛰기도 함. 못, 개천, 염분이 많은 물에 무리지어 서식함.

趯趯(적적): 뛰는 모양.

鷃濫堆(안람퇴): 안작(鷃雀). 세가락메추라기. 소인(小人)을 뜻함.

決起(결기): 급히 일어남.

冲風(충풍): 치솟는 바람.

宿(숙): 머무르다.

何許(하허): 어디쯤. 許는 …쯤.

蓬蒿(봉호): 쑥. 잡초 이름.

❏ 해제

이 우언 시는 대비법을 쓰고 있다. 두 종류의 같지 않은 개성과 같지 않은 처세의 태도를 풍유하고 있다. 소금쟁이는 물결을 따르지 않고 거스르면서 쉬지 않고 도전하면서, 그는 절조를 변하지 않고 입장을 고수한다. 메추라기는 비록 바람을 타고 높이 날아가지만, 오래 머무르지 못하고 역풍에 밀려 잡초더미 속에 떨어지고 만다.

과연 어느 게 어리석고 어느 게 지혜로운가?

강변에 있는 사람은 한바탕 웃기만 할 뿐 말이 없다.

○ 蝦蟆 — 두꺼비

睅目知誰瞋,	부릅뜬 눈으로 누가 성내는지 알리며
蟠腹空自脹.	불룩한 배를 공연히 저절로 부풀리네.
愼勿困蜈蚣,	제발 지네를 괴롭히지 말게나,
飢蛇不汝放.	굶주린 뱀이 너를 놓아두지 않으리니.

[註] <옹수재화초충팔물(雍秀才畵草蟲八物) 3>에 보인다. 원풍 7년(1084)에 지었다.

蝦蟆(하마): 두꺼비.
睅目(환목): 퉁방울눈. 눈이 돌출한 모양.
瞋(진): 눈을 부릅뜨다. 성내다.
蟠腹(파복): 볼록한 배.
愼(신): 부디, 제발.
困(곤): 괴롭히다.
蜈蚣(오공): 지네.

□ 해제

이 우언 시는 거드름을 피우며 큰소리치는 사람을 풍자하고 있다. 두꺼비가 퉁방울눈을 더 크게 부릅뜨고 배를 둥글게 해봐야 끝내는 뱀의 한 끼 끼닛거리에 지나지 않는다. 사마귀가 매미를 잡으려는데 까치가 뒤에 노리고 있는 것이 먹이사슬의 현실이다.

인간의 세계도 정치, 사회, 경제면에서 약자 위에 강자가 군림하는 사슬의 고리가 있다고 할 수 있다. 평형을 유지하고 조정하는 것이 법이고 정치라고 할 수 있는데, 과연 잘 시행되고 있는지 이 우언을 통해 음미해 볼 일이다.

○柏石圖詩 ― 측백과 돌 그림

柏生兩石間,　　측백나무 두 돌 사이에서 자라니

天命本如此.　　하늘이 목숨을 정함이 본래 이와 같네.

雖云生之艱,　　비록 삶이 어렵다지만

與石相終始.　　돌과 함께 처음과 끝을 맺게 되누나.

韓子俯仰人,　　한유는 세상과 더불어 부침(浮沈)을 함께한 사람

但愛平地美.　　다만 평지에서 자라는 것만 소중히 여겼구나.

土膏雜糞壤,　　땅이 기름지고 거름 섞인 흙에

成壞幾何耳.　　생겨나고 멸망하는 게 얼마쯤 되는가.

君看此槎牙,　　그대는 이것들이 뒤엉켜 있는 것을 보면서

豈有可移理.　　어찌 옮기려 할 리가 있겠는가?

[註] 시서(詩敍)에 말하기를, "진공필(陳公弼: 이름은 희량希亮, 미주眉州 청신靑神 사람)이 집에 <백석도(柏石圖)>를 소장하고 있는데, 그 아들 진계상(陳季常: 진조陳慥. 자가 계상, 소동파의 친구)에게 가보로 전하였다. 동파거사가 시를 지어 새기게 하였다."라고 한 것으로 보면 작자가 <백석도>를 근거로 우언 시를 지었음을 알 수 있다. 원우 3년(1088)에 지었다.

柏(백): 측백나무. 柏을 우리나라에서는 시문에 잣나무로 글자를 사용하고 있으나 중국에서는 측백나무를 뜻함.

韓子(한자): 당대(唐代)의 문학가인 한유(韓愈)를 가리킴. 그는 당송팔대

가(唐宋八大家)의 영수이다.

俯仰(부앙): 세상과 더불어 부침(浮沈)하다.

但愛(단애) 구(句): 한유(韓愈)의 시구를 가리킴. 즉 "측백은 두 돌 사이에서 자라며, 백년이 되도록 끝내 크지 못하네.(柏生兩石間, 百世終不大.)" 또 "측백을 평지로 옮기면, 측백은 상한 뿌리로도 용납되네. 상한 뿌리로도 측백은 죽지 않고, 천길이나 어렵지 않게 높이 도달하네.(柏移就平地, 柏有傷根容. 傷根柏不死, 千丈不難至.)"이다.

土膏(토고): 땅이 기름짐.

糞壤(분양): 거름을 섞은 흙.

成壞(성괴): 불교어, 성주괴공(成住壞空)의 약칭. 세상변화의 네 단계, 즉 사대겁(四大劫)으로 성겁(成劫:태어나는 시기), 주겁(住劫:존재 시기), 괴겁(壞劫:멸망 시기), 공겁(空劫:공허한 시기). 여기서 성괴(成壞)는 성겁과 괴겁, 즉 형성과 멸망을 가리킴.

幾何(기하): 얼마쯤.

槎牙(사아): 뒤엉켜 가지런하지 않은 모양.

□ 해제

이 우언 시는 함정에 빠진 운명에 적극적으로 도전하는 정신을 찬양하고 있다. 측백나무가 큰 돌 틈에서 자라면서 비록 싹을 자랄 공간과 기름진 토양을 가지지 못해 몸체가 가냘프더라도 자기의 개성을 잃지 않고 강인한 생명력으로 돌과 함께 끝까지 이어갈 것이라고 읊고 있다.

○天水牛 — 하늘소

兩角徒自長,　　두 뿔은 헛되이 저절로 자랐고
空飛不服箱.　　하늘로 날아다니니 수레를 끌 일이 없네.
爲牛竟何事,　　그런데도 소라고 한 건 웬일인가
利吻穴枯桑.　　날카로운 입으로 마른 뽕나무에 구멍을 뚫는데.

[註] 天水牛(천수우): 하늘소[天牛]. 하늘솟과에 속하는 갑충(甲蟲)의 총
　칭. 네눈박이하늘소, 뽕나무하늘소, 포도나무하늘소, 삼하늘소, 톱하늘
　소, 참나무하늘소 등이 있으며, 중형과 대형이 5~100mm 크기이다. 머
　리에 八자 모양의 검은 뿔이 있다. 유충은 나무굼벵이라고 하는데 나무
　의 속을 파먹는다. <옹수재화초충팔물(雍秀才畵草虫八物) 5>에 보이
　며, 원풍 7년(1084)에 지었다.
徒(도): 부질없이. 헛되이.
服箱(복상): 거상(車箱)을 실음. 수레를 끌다. 服은 싣다. 箱은 수레에 사
　람이나 물건을 싣도록 놓은 틀.
利吻(이문): 날카로운 입술.

❏ 해제

　이 우언 시는 다만 헛이름만 가지고 나쁜 일만 도맡아하는 사
람을 풍유하고 있다. 소라고 하면서도 날아다니며 수레를 끌지
않고 죽어가는 뽕나무에 구멍을 갉아놓는다고 하여, 백성을 착
취하던 당시 관료사회를 비판하고 있다.

소동파는 그의 문명(文名)을 시기하는 자들에 의해 시구(詩句)에서 황제를 비난했다는 꼬투리를 잡혀 '오대시안(烏臺詩案)'이라는 필화사건으로 1079년 8월 어사대에 갇혔다가, 12월 말 겨우 목숨을 건져 1084년 3월까지 황주(黃州)에 유배되었다. 그런 시기였음에도 이런 시를 지었다.

○ 歲寒知松柏 — 추운 겨울에야 소나무·측백나무를 알리라

龍蟄雖高臥,	용이 동면하듯 비록 높이 누웠어도
鷄鳴不廢時.	닭 울음처럼 때를 그르치지 않네.
炎涼徒自變,	무더웠다 서늘하게 일기 헛되이 저절로 바뀌어도
茂悅兩相知.	소나무가 무성하면 측백나무가 기뻐하며 서로 알아주네.
已負棟梁質,	소나무와 측백나무의 자질로도 오래도록 동량의 쓰임이 되지 못했다고
肯爲兒女姿.	어찌 아녀자 같은 자세를 하랴.
那憂霜貿貿,	서리가 어지러이 날린다고 무슨 걱정을 하며
未喜日遲遲.	봄날이 느릿느릿 간다고 기뻐하지도 않네.
難與夏虫語,	여름벌레에게 말해야 모를 것이고
永無秋實悲.	영원히 가을열매의 슬픔 따위는 없네.
誰知此植物,	누가 아는가, 소나무와 측백나무야말로
亦解秉天彛.	역시 하늘의 상도(常道)를 지키며 통달했는지를.

[註] 〈화황로직효진사작(和黃魯直效進士作) 2수·1〉에 보인다. 원우 3년 (1088)에 지었다.

龍蟄(용칩): 양기가 숨음을 이르는 말. 蟄은 동면. 소나무를 용에 비유하
  는 것은 그 껍질이 용의 비늘 같아서 용린(龍鱗)이라 한다. 한시에 가끔
  보인다.
高臥(고와): 소나무나 측백나무는 높이 자라면서 넓게 펼쳐지는 나무이므
  로 高臥라는 단어를 썼다.
徒(도): 헛되이.
茂悅(무열): 송무(松茂)와 백열(柏悅). 소나무가 무성하면 측백이 기뻐하
  며, 서로 알아줌[知己]의 비유.
負(부): 어기다.
肯(긍): 어찌, 어떻게.
貿貿(무무): 뒤섞여 어지러운 모양.
難與夏虫語(난여하충어): 《장자·추수편(莊子·秋水篇)》의 "여름벌레는 얼
  음을 얘기해도 이해하지 못하는 것은, 때에 굳어 있기 때문이다.(夏虫
  不可以語于氷者, 篤于時也.)"에서 인용하였다.
秉天彝(병천이): 하늘의 상도(常道: 변하지 않는 떳떳한 도리)를 지킴. 秉
  은 지키다. 잡다. 彝는 常(상).

□ 해제

  첫 구에서 소나무를 용이 누운 것으로 표현했다. 소나무 껍질
이 용의 비늘 같아서이다. 닭 울음이 시간을 어기지 않듯 심한
겨울추위[세한歲寒]가 와도 변함없이 절기를 지켜나간다고 읊
었다.
  추사(秋史)가 제주도 유배 중에 그린 <세한도(歲寒圖)>는 추
운 겨울이 와도 꿋꿋한 소나무를 그린 것이다.

○ 蠢蠕 — 준연 벌레

蠢蠕食葉虫,	준연은 잎을 먹는 벌레인데
仰空慕高飛.	하늘을 올려보며 높이 날기를 추구하여
一朝傳兩翅,	하루아침에 부화하여 두 날개를 달고
	나비가 되었는데
乃得粘網悲.	마침내 끈끈한 거미줄에 붙으니 슬퍼지네.
啁啾同巢雀,	짹짹 우는 같은 둥우리의 참새
沮澤疑可依.	못에 의지하여 사는가 했더니
赴水生兩殼,	물에 가서 두 껍데기가 생겨나 조개가 되어
遭閉何時歸.	닫혀졌으니 어느 때에 날아 돌아갈까.
二虫竟誰是,	벌레와 참새는 마침내 누가 옳은가
一笑百念衰.	한 번 웃으니 백 가지 생각이 사그라지네.
幸此未化間,	이 세상에 살아 있음을 다행으로 여겨
有酒君莫違.	지금 술이나 있거든 그대 어기지 말게나.

[註] 원 시제는 <화도음주(和陶飲酒) 20수·기사(其四)>로 원우 7년(1092)
에 지었다.

蠢蠕(준연): 벌레가 꿈틀거림. 도라지의 좀벌레를 가리킴. 당(唐) 육구몽
(陸龜蒙)의 <두화(蠹化)>에 "도라지의 좀인데 크기는 새끼손가락만 하
고 머리에 뿔이 났고 몸을 움츠리며 굼벵이를 닮아 푸르다. 가려진 잎

을 올려다 갉는데 굶주린 누에와 같이 빠르며 오르내리지 않는다. 사람이 혹 건드리면 곧 화를 내며 뿔을 들고 노기를 띤다.(桔之蠹, 大如小指, 首負特角, 身蠁蠁然, 類蠾蟻而靑. 翳葉仰囓, 如饑蠶之速, 不相上下. 人或梘觸之, 輒奮角而怒氣桀驁.)"하였다.

傅(부): 附(부)와 통한다. 부착하다. 붙다.

啁啾(주추): 새가 지저귀는 소리.

雀(작): 참새.

沮澤(저택): 습지. 낮고 물기가 많은 땅. 늪지.

幸此未化間(행차미화간): 지금 부화되지 않은 것을 다행으로 여겨. 이 세상에 살아 있음을 다행으로 여겨.

赴水(부수) 2구(句): 옛 전설로 늦가을에 연작(燕雀: 참새)이 대수(大水)에 들어가면 조개가 된다고 하였다. 《예기·월령(禮記·月令)》에 "늦가을달에 참새가 큰물에 들어가 조개가 되었다.(季秋之月, 爵[雀]入大水爲蛤.)"하였다.

❑ 해제

기어 다니는 벌레가 높이 날기를 바라서, 부화하여 날다가 결국 끈끈한 거미줄에 걸리고 말거나, 참새처럼 짹짹 하며 날아다니다가 늦가을에 큰 못가에 가서는 물에 들어가 조개가 되어 껍데기에 갇혀 나오지도 못하고 만다.

이 우언 시에서 말하고자 하는 것은 우리도 무엇으로 환생할지 모르나, 아직 부화되지 않았으니 이생에서 지금 술이나 들며 즐기자는 것이다. 불교적인 우화라고 하겠다.

○鶴歎 ― 학의 탄식

園中有鶴馴可呼,	동산의 학은 부르면 오도록 길들여져
我欲呼之立坐隅.	내가 불러 자리 모퉁이에 서게 하고 싶다.
鶴有難色側睨予,	학은 난색을 띠며 나를 곁눈질하며
豈欲臆對如鵬乎.	어찌하여 올빼미같이 마음으로 전해
	내게 대답하겠는가!
我生如寄良畸孤,	학의 생각에 "내 인생은 진실로
	나그네처럼 기구하고 외로운데
三尺長脛閣瘦軀.	석 자 긴 정강이로 여윈 몸 세우고.
俯啄少許便有餘,	고개 숙여 조금만 쪼아 먹어도 곧 넉넉한데
何至以身爲子娛.	어찌하여 내가 당신의 노리개가
	되겠는가."고 한다.
驅之上堂立斯須,	내가 학을 몰아 대청에 오르게 하니
	학이 서서 조금 있다가
投以餠餌視若無.	먹이를 던져주면 보고도 못 본 체하더니.
戛然長鳴乃下趨,	끼르륵 긴소리로 울면서 내려오며 내빼니
難進易退我不如.	나아가기는 어렵고 물러나기 쉬운 건
	나는 학만 못하네!

[註] 鶴歎(학탄): 원우 8년(1093)에 지정주군주사(知定州軍州事)로 임명
되었을 때 지었다.

側睨(측예): 옆으로 흘겨봄. 곁눈질.

豈欲臆對如鵩乎(기욕억대여복호): 《사기·가의전(史記·賈誼傳)》에 나오는
고사이다. 가의는 현명한 재주를 지녀 서한(西漢) 문제(文帝) 때 박사에
임명되고 태중대부(太中大夫)에 올랐는데, 대신 주발(周勃), 관영(灌嬰)
등의 배척을 받아 장사왕태부(長沙王太傅)로 유배되었다. 3년이 되었
는데 올빼미가 그의 방에 들어와 머물렀다. 이에 <복조부(鵩鳥賦)>를
지었다. 그 글에 "올빼미가 곧 탄식을 하더니, 머리를 들고 힘차게 날
개를 치네. 입으로 말을 못하나 마음으로 대답해주오.(鵩乃嘆息, 擧首
奮翼. 口不能言, 請對以臆.)"라 하였다. 초(楚) 지방에서는 올빼미는 상
서롭지 못한 새로 여겼다. 가의는 자기 신세를 슬퍼하여 <복조부>를 지
어 자위하였다.

臆(억): 생각.

畸孤(기고): 고독함. 외톨이.

閣(각): 세우다. 쳐들다.

斯須(사수): 잠깐 동안.

戛然(알연): 학 울음소리.

趨(추): 치닫다.

難進易退(난진이퇴): 《예기·표기(禮記·表記)》에 "임금을 섬길 적에, 나아
가기는 어렵게 하고 물러나기는 쉽게 한다.(事君難進而易退.)"하였다.
進은 관직에 나아감을 가리키고, 退는 퇴직을 가리킨다.

□ 해제

이 우언 시는 길들여진 학의 모습을 자기의 신세로 형상화하
였다. 이권 같은 먹이를 던져주어도 못 본 체하고, 관직인 대청

에 오르긴 어려워도 물러나긴 쉽다고 하였다. 학을 고상한 품격의 상징으로 표현하였다.

소동파는 당시 조정의 소인배의 모함으로 조정에서 쫓겨나 정주지주(定州知州)로 나갔지만, 그의 신념이나 원칙에서 벗어나는 일에는 굴복하거나 뜻을 잃지 않았다.

[부(賦)]

○ 黠鼠

蘇子夜坐, 有鼠方齧, 拊床而止之, 旣止復作. 使童子燭之, 有槖中空, 嘐嘐聱聱, 聲在槖中.

曰: "嘻! 此鼠之見閉而不得去者也."

發而視之, 寂無所有, 擧燭而索, 中有死鼠.

童子驚曰: "是方齧也, 而遽死耶? 向爲何聲, 豈其鬼耶?"

覆而出之, 墮地乃走. 雖有敏者, 莫措其手.

蘇子歎曰: "異哉! 是鼠之黠也. 閉于槖中, 槖堅而不可穴也. 故不齧而齧, 以聲致人; 不死而死, 以形求脫也.……"

[註] <힐서부(黠鼠賦)>에 보인다. 경력(慶曆) 7년(1047) 동파가 12세 때 지은 글이다.

黠鼠(힐서): 교활한 쥐.

蘇子(소자): 소선생, 동파 소식(蘇軾)의 자칭.

齧(설): 갉아먹다.

拊(부): 가볍게 두드리다.

燭之(촉지): 납촉으로 밝히다.

槖(탁): 자루. 전대.

嘐嘐(교교): 쥐가 물건을 갉는 소리.

聱聱(오오): 여러 소리가 섞여 나는 소리.

見閉(견폐): 봉하여 닫히다. 見은 피동태의 조동사.

發(발): 닫힌 것을 열다.

遽(거): 갑자기.

向(향): 지난번. 종전.

覆(복): 뒤집다.

致人(치인): 사람을 불러들이다.

□ 번역

黠鼠 — 교활한 쥐

소자(蘇子)가 밤에 방에 앉아 있는데, 어떤 쥐가 한창 갉아대기에 침상판을 두드려 멈추게 하려 했더니, 이윽고 멈췄다간 다시 긁어댔다. 아이를 시켜 촛불로 비춰보게 하였더니 자루 속은 비었는데도 '사각사각' 갉는 소리가 자루 속에서 났다.

"아! 이 쥐가 자루 속에 갇혀서 나가지 못하였구나."

자루를 열어서 보니, 조용하고 아무것도 없어 촛불을 들고 찾으니, 가운데 죽은 쥐가 있었다.

아이가 놀라 말했다. "이게 한창 갉아대더니 갑자기 죽었을까요? 조금 전에 무슨 소리를 낸 것이 어찌 그게 귀신이겠습니까?"

주둥이를 뒤집어서 내놓았더니, 땅에 떨어지자마자 달아나버렸다. 비록 재빠른 사람일지라도 손을 대지 못할 지경이었다.

소자가 감탄하며 말하였다. "기이하구나. 저 쥐의 교활함이라니. 자루 속에 갇혔는데 자루가 단단하여 구멍을 뚫지 못하니까, 갉지도 않으면서 갉는 체하며 소리를 내서 사람을 불러들였군. 죽지도 않았으면서 죽은 체 하여 탈출할 길을 찾아 꾸며내다니……."

□ 해제

평범한 소재 같지만 자세히 문장을 관찰하면, 시각과 청각을 엮어 나가면서 시간적인 전개와 공간적인 배치가 조합되어 있는 것을 볼 수 있다.

모든 약한 동물은 포식자 같은 강자로부터 생존하는 방법과 지혜를 구사하면서 다산(多産)하도록 진화되었다. 특히 쥐 같은 약하고 작은 동물은 몸체에 비하여 귀가 발달하여 사람이 듣지 못하는 초음파를 감지한다.

소동파는 쥐의 이런 청각을 이 우언 속에 기록하고 있다.

[명(銘)]

○ 却鼠刀銘 — 쥐를 물리치는 칼의 명(銘)

野人有刀,	농부가 칼을 가지고 있다가
不愛遺餘.	아낌없이 나에게 주었네.
長不滿尺,	그 길이는 한 자가 채 못 되고
劍鈇之餘.	모양은 검월의 끝처럼 만들어졌네.
文如連環,	무늬는 옥고리가 연결된 듯
上下相繆.	위아래에 서로 얽어져 있네.
錯之則見,	뒤섞여 겨우 보이니
或漫如無.	모호해서 없는 듯하네.
昔所從得,	옛날 농부에게 얻을 적에
戒以自隨.	일러주기를 스스로 말을 들으니
畜之無害,	가축에는 해가 없지만
暴鼠是除.	흉포한 쥐는 없앨 것이라고 하였네.
有穴于垣,	담장에 구멍이 있어
侵堂及室.	마루와 방까지 숨어들어
跳床撼幕,	상 위에서 날뛰고 장막을 흔들며
終夕窣窣.	밤새껏 찍찍거렸네.
叱訶不去,	소리를 질러 야단을 쳐도 떠나지 않고

啖囓棗栗.	대추며 밤을 갉아먹었네.
掀盃舐缶,	술잔을 들어 올리고 큰 그릇을 핥아내며
去不遺粒.	떠날 때는 낱알 하나 남기지 않았네.
不擇道路,	길을 골라 다니지 않고
仰行躡壁.	올려다보며 벽을 타고 올라 다녔네.
家爲兩門,	집에 두 문이 있지만
窘則旁出.	급하면 옆으로 빠져나가
輕趫捷猾,	가볍게 달아나는데 민첩하고 교활하여
忽不可執.	섣불리 붙잡을 수가 없었네.
吾刀入門,	내 칼을 문에 들여놓았더니
是去無迹.	이들은 자취도 없이 떠났네.
又有甚者,	또 심했던 것은
聚爲怪妖.	쥐떼들이 모여들어 괴상한 짓을 하며
晝出群鬪,	대낮에 나타나 무리지어 싸우며
相視睢盱.	서로 흘끔거려 쳐다보았네.
舞于端門,	정문에서 춤을 추며
與主雜居.	주인과 함께 섞여 살았네.
猫見不噬,	고양이는 보면서도 잡아 씹으려 않으니
又乳于家.	또한 집안에서 새끼 쥐에게 젖을 먹이곤 하였네.
狃于永氏,	(유종원의 글에) 영씨(永氏)에게 친압했던 일처럼
謂世皆然.	세상사람 모두 그 정도라 말했네.
亟磨吾刀,	재빨리 내 한 자 칼을 갈면서

槃水致前.	물을 그릇에 담아 앞에 두고는
炊未及熟,	불을 때는데 밥이 다 익기도 전에
肅然無踪.	두려워하며 자취를 감추었네.
物豈有是,	물건인 칼이 어찌 바로잡는 일에
以爲不誠.	불성실하다 여기겠는가.
試之彌旬,	만 열흘을 시험하고 나니
凜然以驚.	위엄이 있음에 놀라웠네.
夫猫鷙禽,	고양이나 새매 같은 맹금류가
晝巡夜伺.	밤낮으로 돌아다니며 살피며
拳腰弭耳,	허리를 구부리고 귀를 늘어뜨려도
目不及顧.	눈으로 관찰하지 못했거늘.
鬚搖乎穴,	구멍 속에서 수염을 흔들며
走赴如霧.	안개 흩어지듯 재빨리 달아나니.
碎首屠腸,	머리를 부수고 창자를 자르려 해도
終不能去.	끝내 없앨 수가 없었거늘.
是獨何爲?	이것을 홀로 무엇이 해냈던가
宛然尺刀.	완연히 한 자 칼이었네.
匣而不用,	칼집에서 써보지도 않았고
無有爪牙.	발톱과 이빨도 가지지 않았는데.
彼孰爲畏,	저들은 누구를 두려워하여
相率以逃?	서로 이끌고 도망갔는가.
嗚呼嗟夫,	아아!

吾苟有之.　　나는 그저 칼을 가지고 있을 뿐이로다.

不言而諭,　　말을 않고 일러주려니

是亦何勞!　　이것 역시 얼마나 수고로운가!

[註] 却鼠刀(각서도): 쥐를 물리치는 칼.

銘(명): 운문체(韻文體)의 일종. 옛사람은 비석이나 기물에 銘을 새겨 공
　덕을 칭송하거나 거울로 삼았다.

野人(야인): 들에 사는 사람. 농부.

鉞(월): 도끼. 고대 무기의 이름.

文(문): 무늬.

連環(연환): 연결된 옥고리.

繆(무): 얽음.

漫(만): 모호함.

從(종): 나아가다.

垣(원): 담.

撼(감): 흔들다.

窣窣(솔솔): 의성어. 쥐 소리.

叱訶(질가): 큰 소리로 야단침.

啖囓(담설): 갉아먹음.

舐(지): 혀로 핥음.

缶(부): 액체를 담는 그릇. 장군.

躡(섭): 밟다.

窘(군): 급함.

趫(교): 행동이 재빠름.

睢盱(수우): 부릅뜨고 쳐다봄.

端門(단문): 궁중의 남쪽 정문. 여기서는 거실 정문.

噬(서): 씹다.

狃(뉴): 친압하다.

永氏(영씨): 당(唐) 유종원(柳宗元)의 우언 《삼계 기삼(三戒 其三)》<영모
씨지서(永某氏之鼠)>에 나오는 사람을 가리킴. 영(永)은 영주(永州)를
가리킴. 영주의 모씨(某氏)는 쥐띠여서 쥐를 사랑하고 신으로 모셔 잡
지를 않았다. 쥐가 불어나 그릇이며 옷과 음식이 남아나지를 않았다.
그래서 그는 다른 곳으로 이사를 가자 다른 사람이 고양이 다섯 마리를
키워 쥐를 잡으니 죽은 쥐가 언덕을 이루었다. 그 우언은 당시에 포악
한 관원을 형상한 풍자였다.

亟(극): 급히.

槃(반): 쟁반.

致(치): 보내다.

肅然(숙연): 재빠른.

有是(유시): 사리에 맞음.

凜然(늠연): 엄한 모양.

鷙(지): 맹금. 새매.

拳腰(권요): 허리를 구부림.

弭耳(미이): 귀를 늘어뜨림. 순종함.

顧(고): 보다.

走赴(주부): 달려감.

霧(무): 안개 흩어지듯 재빠른 모양.

尺刀(척도): 작은 칼.

嗟夫(차부): 감탄하는 소리.

苟(구): 구차하다. 의젓하다.

❑ 해제

농부에게서 얻은 쥐를 물리치는 칼을 노래한 우언 명(銘)이

다. 고양이나 맹금류도 잡지 못하는 교활한 쥐를 한 자의 칼이 칼집 안에만 있어도 놓아두면 쥐들이 도망간다는 것이다.

동파가 수고롭게 말하고자 한 것은 마음속에 품은 법치정신을 의미한다. 그것은 바로 한 자의 칼이다. 그 정신은 농부에게서 얻었다는 것이다.

교활한 쥐는 백성을 수탈하는 관원을 상징하고 있다. 스스로 그 칼을 가지고 짧은 기간에 시험해보니 교활한 쥐들이 다 달아났다고 말하며, 여전히 그 칼을 가지고 있다고 노래한다.

문구 하나하나를 음미하면 동파의 법치정신을 이해할 수 있을 것이다. 법치가 실현되지 않으면 교활한 쥐들은 주인과 같이 살려고 할 것이다.

○端硯銘 — 단연 벼루 명(銘)

千夫挽綆,　　천 명이 줄을 당기고,

百夫運斤.　　백 명이 도끼를 휘두르네.

篝火下縋,　　횃불 들고 줄 타고 골짜기로 들어가야,

以出斯珍.　　이런 진품이 나오네.

一嘘而泫,　　한 번 입김을 불면 벼루에 물방울 일고,

歲久愈新.　　세월이 오래될수록 더욱 새롭네.

誰其似之,　　그 누가 품격이 이와 같을까,

我懷斯人.　　나는 이런 사람을 생각하네.

[註] 혜주(惠州)에 유배되었을 때 지은 것으로 보인다.

端硯(단연): 중국에서 전통적으로 유명한 벼루 이름. 광동성 단주(廣東省
　端州)에서 생산되어 이런 이름이 붙여졌다. 당대(唐代) 이후 서예가들
　이 즐겨 썼다. 그 석질이 단단하고 윤기가 있으면서 먹을 번지게 하고
　붓을 닳게 하지 않아 글씨를 쓰면 미끈하고 광채가 난다.

千夫(천부): 천 명의 사람.

挽(만): 당기다.

綆(경): 새끼줄.

運斤(운근): 도끼를 휘둘러 쪼갬.

篝火(구화): 횃불. 화톳불. 모닥불.

縋(추): 줄

嘘(허): 불다.

泫(현): 물방울이 아래로 떨어지는 모양.

□ 해제

단연(端硯) 벼루는 품질이 단단하고 윤기가 나서, 한번 숨을
불면 표면에 물방울이 떨어진다. 먹을 갈면 붓이 닳지 않고, 글
씨를 쓰면 매끄럽게 자체가 빛이 난다. 품덕은 고상하고 심지가
높고 단단한 것이, 사심 없이 노력하는 현인의 모습이다.

작자는 단연 벼루를 의인화(擬人化)하여 인류를 위하여 봉사
하는 공복(公僕) 정신을 칭송하고 있다. 앞부분은 명품 벼루를
얻기 위한 장인들의 노고를 표현하고, 다음은 그 능력과 품격을
언급하고, 다음은 벼루를 가지고 연마하여 정진하는 사람의 정
신세계를 칭송하고 있다.

[송(頌)]

○ 夢中投井

夢中投井, 入半而止. 出入不能, 本非住處. 我今何
爲? 自此作苦. 忽然夢覺, 身在牀上. 不知向來, 本元無
井. 不應復作, 出入住想.

道無深淺, 亦無遠近. 見物失空, 空未嘗滅. 物去空
現, 亦未嘗生. 應當正念, 作如是觀.

[註] <답공군송(答孔君頌)>에 보인다. 지은 때는 알 수 없다.
自此作苦(자차작고): 《동파외집(東坡外集)》에는 '자주차고(自住此苦)'로
　되어 있다.
向來(향래): 지금까지. 여태까지.
本元(본원): 본래.
道(도): 사물의 법칙, 규율.
正念(정념): 단정한 관념.

□ 번역

夢中投井 ── 꿈에 우물에 뛰어들다

꿈에 우물에 뛰어드는데, 반쯤 들어가다 멈추었다. 나갈 수
도 들어갈 수도 없는데, 본래 한번 머물러 살아보려고 한 것

은 아니다. 나는 지금 무엇을 하려고 하는지, 스스로 나갈 수도 들어갈 수도 없는 이런 고난을 살고 있었다. 갑자기 꿈에서 깼는데 몸은 침상 위에 있었다. 꿈속에 우물에 뛰어든 일이 무슨 일인지 여태까지 모르지만 본래 방안에는 우물이 없었으니, 응당 다시 그런 짓을 하여 출입하면서 머물러 살려고 하지는 않을 것이다.

사물의 법칙에는 깊고 얕은 구분이 없고, 또한 멀고 가까운 구별이 없다. 물체의 소실을 보면 '공(空)'으로 변하나, '공(空)'은 결코 '멸(滅)'한 것이 아니다. '물(物)'이 없어지면 '공(空)'으로 나타나지만, 역시 일찍이 재생되지는 않았다. 응당 바른 관념을 가지고 이와 같이 봐야 한다.

❑ 해제

시인은 우물에 반쯤 들어가다가 머문 꿈을 꾼다. 들어갈 수도 나올 수도 없다. 그것은 고난이었다. 갑자기 깨어나니 몸은 침상에 있었다.

정신의 세계는 분명 변화가 있었다. 물질의 세계는 어떤가. 물질은 없어졌지만 그 자리에 공허가 남는다. 공허는 원상태로 재생되지는 않지만 다른 형태로 존재한다는 관념을 갖게 되었다는 것이다. 물질의 화학변화처럼 '질량보존의 법칙'을 깨달았다는 것이다.

여기서 우리는 소동파의 과학적인 사고를 엿볼 수 있다. 불교에 심취한 그의 사고가 물질과 정신의 불멸에까지 미쳤다고 하겠다. 그의 사고의 깊이에 감탄하게 되는 우언 송(頌)이다.

[찬(贊)]

○ 捕魚圖贊 ― 고기잡이 그림을 읊음

荇秀水暖,	마름꽃 피고 물은 따뜻한데
龜魚出戲.	거북과 고기들 나와 노네.
怒蛙無朋,	성난 개구리 벗이 없는지
寂寞鼓吹.	적막한 가운데 소리 지르네.
孰謂魚樂,	누가 고기들 즐겁다 하는가
强羸相屠.	강한 것이 약한 것을 죽이는데.
去是哆口,	그물 거두면 입 크게 벌리고
以完長鬚.	긴 촉수 잘 갖추고 있네.

[註] 원풍 7년(1084) 전후에 지은 것이다.

荇(행): 마름. 물에 뜨는 수생식물의 일종. 흰 줄기에 잎은 자적색이며 둥
　그렇다. 직경이 한 치 남짓하다.

怒蛙(노와):《동파7집·속집(東坡七集·續集) 권10》에 怒는 獨(독)으로 되어
　있다.

鼓吹(고취): 북 치고 피리를 불어 연주함. 내장을 울려 고함을 지르는 것
　을 가리킨다.

羸(이): 여위다. 약하다.

屠(도): 도살하다. 찢어 죽이다.

哆口(치구): 입을 크게 벌림.
鬚(수): 짐승의 수염이나 물고기의 촉수.

口 해제

이 우언 찬(贊)은 물속의 동식물을 인간세계와 비유하고 있
다. 따스한 날, 물 위에는 마름이 무성하게 자라 있고, 물속에는
거북과 고기들이 놀고 있다. 개구리는 적막한 가운데 소리를 지
르는데, 큰 고기가 약한 치어를 삼키는 가운데, 어부는 그물을
후려 큰 고기들을 촉수가 온전한 채 잡아들이고 있다.
동파는 어부의 고기 잡는 그림을 보며, 동식물 세계의 약육강
식을 뚫어보고 있다.

○李伯時作老子新沐圖贊
— 이공린이 그린 '노자가 갓 머리 감은 그림'을 읊음

老聃新沐,　노자가 머리를 갓 감고,

晞髮于庭.　마당에서 머리를 말리는데

其心淡然,　그 마음은 담백하여,

若忘其形.　자기의 형적을 잊은 듯하네.

夫子與回,　공자는 안회와 함께,

見之而驚.　그를 보고 놀라워하며

入而問之,　들어가 노자에게 묻고

强使自名.　아울러 억지로 그더러 해석하도록 했네.

曰:"豈有已哉?　노자가 대답했다. "어찌 끝남이 있겠는가.

夫人皆然.　사람은 모두 그러한데

惟役于人,　남에게 부림을 당하면,

而喪其天.　자기 천성을 잃는 것이요,

其人苟忘,　사람이 만약 번뇌를 잊으면,

其天則全.　자기 천성은 온전할 것이다.

四肢百骸,　사지와 백 개의 뼈인들,

孰爲吾纏?　누가 나를 옭아매겠는가.

死生終始,　　죽음과 삶은 끝과 시작인데,

孰爲吾遷?　　누가 나를 옮기겠는가.

彼赫赫者,　　저 무더운 사물은,

將爲吾溫.　　장차 나를 따뜻하게 할 것이며

彼肅肅者,　　저 쓸쓸한 사물은,

將爲吾寒.　　장차 나를 차게 할 것이다.

一溫一寒交,　한 번 따뜻하고 한번 추워 교차하며,

而萬物生焉.　만물이 자라난다.

物皆賴之,　　사물은 모두 하늘에 힘입으니,

而況吾身乎.　하물며 우리 몸임에야.

溫爲吾和,　　따뜻하면 나를 화평하게 하고,

寒爲吾堅.　　차면 나를 단단하게 한다.

忽乎不知,　　순식간에 나의 존재를 모르면

而更千萬年!　다시 천만년이 있겠는가.

葆光志之,　　지혜를 드러나지 않게 함을 기억해야 하니,

夫非養生之根乎?　이것이 양생의 근본이 아니겠는가?

[註] 李伯時(이백시): 이름은 이공린(李公麟). 호 용면거사(龍眠居士), 송
　　대의 저명한 화가.

沐(목): 머리를 감음.

老聃(노담): 노자(老子). 춘추시대의 사상가, 도가(道家)의 창시자. 이름은

이이(李耳), 자는 백양(伯陽). 초(楚)나라 고현(苦縣, 지금의 하남성河南省 녹읍鹿邑 동쪽) 사람으로 일찍이 주(周)의 수장실사(守藏室史)를 지냈고, 공자(孔子)가 그에게 일찍이 예(禮)를 물었다. 저서로 《노자》가 전하며 도가의 경전이 되었다.

晞髮(희발): 감은 머리를 말림.

淡然(담연): 담백한.

夫子與回(부자여회): 공자와 그 제자 안회(顔回).

强(강): 억지로. 면강(勉强).

自名(자명): 스스로 칭하다. 스스로 해석하다.

己(이): 원문에는 己로 되어 있으나, 오기로 보인다. 己(기: 자기).

役(역): 복역.

苟忘(구망): 만약 잊는다면. 苟는 만약.

百骸(백해): 온몸을 이루는 모든 뼈. 骸는 뼈, 해골.

纏(전): 속박. 얽다.

遷(천): 위치를 옮김.

赫赫(혁혁): 크게 빛나는 모양.

肅肅(숙숙): 음기가 찬 모양.

更(갱): 다시, 더욱.

葆光(보광): 빛을 가림. 재주나 지혜를 감추고 나타내지 않음의 비유. 葆는 감추다.

志(지): 기(記). 기억하다.

養生(양생): 심신을 길러 장생하게 함.

根(근): 근본.

□ 해제

동파가 이공린(李公麟)이 노자가 갓 머리 감은 장면을 그린 그림을 보고 지은 찬(贊)이다.

노자가 머리 감는 그림을 보며, 사람을 섬기고 임금에게 충성을 강조하는 유가(儒家)의 대표인 공자(孔子)와 안회(顔回)를 등장시켜 노자가 대답하는 형식으로 노자사상을 갈파하고 있다.

소동파 우언

초판 인쇄 ― 2017년 11월 10일
초판 발행 ― 2017년 11월 15일

편역자 ― 김 익 수

발행인 ― 金 東 求

발행처 ― 명 문 당(창립 1923년 10월 1일)
　　　　서울시 종로구 윤보선길 61(안국동)
　　　　우체국 010579-01-000682
　　　　전 화 (02) 733-3039, 734-4798
　　　　FAX (02) 734-9209
　　　　Homepage
　　　　www.myungmundang.net
　　　　E-mail　mmdbook1@hanmail.net
　　　　등록 1977.11.19. 제1-148호